「わ……ぁ」
思わず声が出た。
星いっぱいの夜空が広がっている。（本文より）

BBN
B•BOY NOVELS

情熱の灯火《ともしび》

遠野春日
イラスト／円陣闇丸

この物語はフィクションであり、実際の人物・
団体・事件等とは、一切関係ありません。

CONTENTS

情熱の灯火《ともしび》

＊＊＊

「今年の夏はオートキャンプに出掛ける、なんていうのはどうですか」

佳人《よしと》がふと思いついて遥《はるか》に提案したのは、冬彦《ふゆひこ》が黒澤《くろさわ》家に来てまもない頃だった。

明日、転校先の中学校に初登校する冬彦は、一足早く風呂に入って自室に引き揚げている。

切りよく三年に進級するタイミングで新たな学校に通うことになるのだが、冬彦は特別人見知りするわけでも、引っ込み思案なわけでもなさそうなので、クラスにもうまく溶け込むだろう。

放っておいても大概のことは自分でこなし、様々なことに対してきちんとした考えを持っているので、遥と二人して親代わりになったとはいえ、佳人がしてやれることはさほどない気がする。

高校受験のための勉強が忙しくなる前に、皆でどこかに遊びに行けたらいいな、という思いが、佳人にいささか気の早い夏休みの計画を立てさせた。

「キャンプか。高校時代に学校行事で一度行ったことがあるだけだな、俺は。バンガローに雑魚《ざこ》寝《ね》する形式のやつでテント張りなんかはしなかったが」

そろそろ見納めかという風情《ふぜい》になった庭の桜を眺めつつ、遥は手酌で徳利《とっくり》を傾け、杯を熱燗《あつかん》の酒で満たす。着物の上に羽織を重ね、月見台で座布団に胡座《あぐら》をかいて、月と桜を見ながら一献《いっこん》。

和装した遥の放つ雅《みやび》な色香に佳人は酔わされそうだった。

冬彦が二階に上がったあと、遥は佳人を「向こうで一杯どうだ」と誘ってきた。昼間、佳人は冬彦と一緒に庭に出てこの桜を見上げたのだが、夜になって仄かにライトアップされたところを遥と酒を酌《く》み交わしながら見ると、別物のように印象が変わる。家族が増えて三人暮らしになっても、遥と二人きりの時間を持てるのはありがたい。冬彦は実際の年齢より大人びた、賢い子供なので、その辺のことも気遣ってくれているようだ。中学生の少年によけいな気を回させて申し訳ないと思うのと同時に、佳人たちもできる限りのことを冬彦にしてやりたいと思う。

「実はおれはキャンプしたことないんですよ」

そして、どうやら冬彦も経験なさそうだ。物心ついた頃から居酒屋を営《いとな》んでいた祖父と二人暮らしだったので、休日に遠出してレジャーを楽しむことなどなかったと話してくれたことがある。学業以外の時間は剣道部の稽古や店の手伝いでいっぱいいっぱいだったのではないだろうか。

「やっぱり難しいですかね。経験の乏しいおれたちでは」

他のことを考えたほうがいいかなと、佳人は弱気になりかけた。

だが、遥は決して乗り気でないわけではないようだった。

「べつに難しくはないだろう。まだ三、四ヶ月先の話だ。オートキャンプのやり方を調べて必要な物を準備する時間はある。車はおまえのステーションワゴンでいいんじゃないか」

「そうですよね！」

遥から色好い返事をもらって、佳人は嬉しさに声を弾ませた。

いったんはしょんぼりとしかけた佳人の変わりぶりが可笑しかったのか、杯に口をつけた遥の唇が笑みの形を作る。

「ネットで調べて、よさそうなキャンプ場をいくつかピックアップしておきますね。冬彦くんの意見も聞かないといけないし。日帰りもできるみたいなんですが、せっかくなので一泊、欲を言えば二泊すると、いろいろな遊び方ができるかなとは思うんですけど」

「二泊三日くらいなら、どうにかなるだろう。早めに日にちが決まれば、俺のほうはスケジュールを調整することも可能だ」

「じゃあ、その方向で考えましょうか」

冬彦も喜んでくれるといいのだが。佳人はこの話をしたときの冬彦の反応を想像してドキドキした。

ひょっとすると、一番行きたがっているのは佳人かもしれない。

アウトドア系はスポーツにしろレジャーにしろ、今まであまり縁がなかった。会社を経営していた頃の父は、どちらかといえばバレエやクラシックコンサートなどを好んでいて、母と二人で出掛けることが多かった。何度か佳人も連れていってもらった記憶はあるのだが、中学に上がってからは「二人で行ってきたら」と遠慮していた。あの頃は、そうした文化的で高尚そうな場を堅苦しく感じていたので、家で気楽にテレビを観るかゲームをするほうが楽しかったのだ。もう少し違う形のレジャーだったなら、喜んで一緒に行動したと思う。

そんなわけで、子供の頃には馴染《なじ》みがなかった、家族でどこかへ行く、というシチュエーション自体にときめいているのは否めない。

あまり一人で盛り上がっていると、冬彦に引かれるかもしれない。あるいは、どっちが保護者なのかわからない大人びた態度で、よかったですね、と微笑まれる情景が目に浮かぶ。

先々月三十一になった佳人よりも、十七歳年下の冬彦のほうがよほどしっかりしているところがあって、ときどき遥に何か言いたげな目で見られる。

冬彦にとって、佳人は親というより兄弟に近い感覚のようだ。遥に対するときとは、なんとなく接し方が違う気がする。

無理に親だの子だのになろうとせず、自然にしていればいい、と遥は言う。おかげで変に意識し合わず、肩の力を抜いて一つ屋根の下でうまく同居している感じだ。

「キャンプみたいな日常から少し離れたレジャーは、まだ知らない一面を見せ合って理解を深めるのにいいかもしれないな」

遥の言葉を聞いて、佳人もそうなればいいと思った。

1

東京から車でおよそ二時間、近県の山の麓《ふもと》に広がる高原のキャンプ場に、佳人たちは二泊三日の予定で滞在することになった。

出立は七月下旬の日曜日。黒澤家に冬彦が来て初めて三人で楽しむレジャーだ。八月になったら冬彦は、高校受験のための勉強をがんばると本人が決めているので、進学先が決まるまでは当面こうした外泊込みで何日にもわたるイベントはお預けになるかもしれない。

春に「夏休みはオートキャンプをしよう」と遥と話し、冬彦にも「ぜひ」と喜んでもらってから、皆でインターネットやムック本などで情報収集をして準備を調えた。

行き先は、関東近郊のキャンプ場の中から、レビューやお勧めランキングを参考に候補地をいくつか絞り込んだ上で、話し合って決めた。全員キャンプの経験はないので、初心者でもテントが張りやすく、炊事場やシャワーなどの設備が整っているほうがいいだろう。そうした条件で探したところ、距離的にもちょうどよく、場内に浴場をはじめとする様々なサービス施設があり、アクティビティも楽しめる希望通りのキャンプ場が見つかった。ハイシーズンだが、日曜から火曜までという日取りであれば、まだ予約することができた。佳人は比較的自由が利《き》く身なので問題ない。遥も休みを取るとあっさり同意した。

キャンプにはテントやシュラフをはじめ様々な道具が必要だ。これからも年一くらいの頻度で使う可能性があるなら購入してもいいが、一度経験してみないことにはどうなるかわからない。とりあえず今回は大物はレンタルすることになった。テントとタープは初心者向けの設営しやすいもの、シュラフとマットは寝心地重視で。その他、折り畳み式のテーブルとチェア、ランタン、調理用のガスカートリッジ式バーナー等々を借りる。逆に、キャンプ以外でも使う機会がありそうなクーラーボックスやダッチオーブンは、この際だったので購入した。

計画を立ててからその日を迎えるまでの間に、ゴールデンウィークを挟んだが、その大型連休中も、ウエアを買いに行ったり、旅程を立てて遊びの計画を練ったりすることに費《つい》やした。

「楽しみは夏までとっておきたいです」

冬彦がそう言ったのは、佳人たちに遠慮してではなく、本心からそう思ってのようだった。

遥は普段どおりそっけなく「おまえたちの好きにしろ」「俺はなんでもいい」と言うばかりだったが、佳人たちに負けず劣らず三日間のレジャーを楽しみにしているらしいことが、ときおり垣間見えるまんざらでもなさそうな表情から窺《うかが》えた。

何やかんやで準備は大変だったが、その分期待が高まり、気分が上がってきて、キャンプに出掛ける日が待ち遠しかった。

そして迎えた当日。

普段佳人が乗っているステーションワゴンのラゲッジルームに荷物を積み込み、遥の運転で午前十時頃出発した。助手席には冬彦を座らせ、佳人は後部座席に回る。

今日からの三日間は、予報によると天候の乱れもほぼなく、暑さだけが心配される夏日になりそうだ。それでも高原の気温は都内と比べてだいぶ下がるので、過ごしやすいだろう。

行楽日和《びより》とあって高速道路は若干渋滞していたが、最寄りのインターチェンジで下りたあとは順調だった。

キャンプ場のチェックインは午後二時からだ。お昼は途中にある古民家を改装した和カフェに寄って休憩がてらすませた。この店もあらかじめ調べて目星を付けておいたものだ。遥と二人なら行き当たりばったりなことが多いのだが、冬彦を連れているので、無計画すぎて店を見つけられずにお昼を食べ損ねるとか、美味しくないものに当たるなどしては面目ない。冬彦にがっかりされたくなかった。学生時代に初デートしたときの緊張感を思い出す。佳人の気持ち的にはあれに近いかもしれない。

キャンプ場に着いたのは受け付け開始時間の少し前だ。

「チェックイン、してきますね」

シートベルトを外して、佳人は一人で車を降りかけた。

「僕も行きましょうか」

冬彦が、佳人を一人で行かせていいのかどうか気遣う感じで聞いてくる。

「来たい？　中にトイレとか売店とかあるみたいだから、行っておく？」

管理棟にはそれ以外にもランドリーや入浴施設、食堂まであって利用客も多そうだ。

冬彦は運転席の遥に顔を向け、どうしようかなと迷う素振りを見せた。今度は、遥を一人残していくのを躊躇《ためら》ったらしい。

冬彦の気持ちを察したらしい遥が口を開く前に、冬彦は、「やっぱり車で待っています」と明るく返事をした。遥としては、自分によけいな気を回さなくていいと思ったに違いないが、冬彦は日頃からどちらかといえば佳人と一緒にいることのほうが多いので、こういうときは遥の傍《そば》にいようと考え直したのだろう。誰に対しても優しくて思いやりのある子だなとほっこりする。

天井の高い広々とした管理棟はやはり混雑していた。

どの区画を割り振られるかは予約時には選べず、受付順とのことだったので早めに来たのだが、皆考えることは同じらしく、すでに何組もがチェックイン待ちしていた。

夏休みとあって家族連れらしきグループが多い。はしゃぐ子供の甲高い声が管理棟内のあちらこちらで上がり、バタバタと元気に駆け回る子までいる。「静かにしなさいっ」「ここで走ったらだめだ」と親に叱られても、昂揚《こうよう》していて聞けないようだ。ちょっとうるさいが微笑ましい。

十分ほど待機列に並び、管理棟からそれほど離れていない区画の駐車券をもらった。トイレや炊事場、簡易シャワーなどの施設も傍にある。便利はよさそうだ。ペット同伴だったり、車両が大きかったり、キャビン付きを希望するとそれぞれ専用のエリアに割り振られることになる。

「お待たせ。ちょっと混んでたけど、無事すませてきました」

「ああ」

車に戻って後部座席に乗り込み、遥に駐車券と、一緒にもらった場内案内図付きのパンフレットを渡す。

「お帰りなさい。佳人さん一人で受け付けしてきてもらってすみませんでした」

後ろを向いて言う冬彦に、佳人は「大丈夫だったよ」と笑って返し、場内案内図を見ている遥に「すぐそこですね」と声を掛ける。

遥は黙って頷《うなず》くと、パンフレットを冬彦に渡して車を動かした。

指定された区画サイトに徐行運転で向かう。

「おれがいなかった間、二人で何かしてた?」

助手席の背凭《せもた》れに摑まって体を寄せて聞くと、冬彦が首を捻《ひね》って佳人に答える。

「明日は山歩きするか魚釣りするか、どっちがいいですかね、って話してました」

遥は無口で、だいたいいつも仏頂面《ぶっちょうづら》をしているため、とっつきにくい印象があるのだが、冬彦は萎縮することなく遥と話せるようだ。二人だけにしても佳人は心配はしていなかった。

親子らしいかと言われるとそれは違うかなと思うが、未婚でいきなり十四歳の少年を養子にしたのだから、そう易々と親子同然の関係になれるはずがない。冬彦にしても同様だろう。ましてや、年齢よりもかなりしっかりしていて、独立独歩感の強い子だ。

遥は基本的に不干渉で、必要なときにだけ力になるつもりだと、己のスタンスをはっきりさせている。引き取る前に何度か会って話をしてみて、冬彦の賢さと若者らしい明るさ、前向きで堅実な性格に触れ、それで大丈夫だという感触を得たようだ。

互いに無理をせず、つかず離れずの絶妙な距離感で接しており、今のところ問題なくやっていけていると佳人は感じている。

「そうそう、ここから少し離れた所に川釣りができるアミューズメントパークがあるんだよね。そこなら初心者にも釣れるかなぁ。釣った魚はその場で食べたり持ち帰ったりできるらしいよ。遥さんに任せておけば、晩ご飯のメインにもなりそうだね」

遥が冬彦と並んで釣り糸を垂れる姿を想像し、佳人はにやけてしまった。

今や冬彦の身長は佳人を超えており、遥と並んで歩くと周囲の視線を集めるほど見栄えがする。一般人とは思えない容貌とスタイルの遥に負けず劣らず、冬彦も目力のある凛々《りり》しい美形だ。前の学校では剣道部に入っており、県大会で成績も残しているほどの腕前なので、体幹がしっかりしていて姿勢がいい。歩き方も綺麗《きれい》だ。そういう二人が義理とはいえ親子だと知ったなら、きっと皆、できすぎだと驚くだろう。

佳人にしてみれば、遥は熱愛している恋人で、冬彦は自慢の息子みたいなものだ。一緒に暮らせて、こうして三人でレジャーに来ることができて、しみじみ幸せを噛み締める。

遥とも気がついたら家族同然になっていたが、冬彦が加わったことでいっそう絆《きずな》が深まった気がする。五年前の、まだ香西《こうざい》の許にいる自分に、未来はこうなっているぞと教えても、おそらく想像もできないと言うだろう。

冬彦と佳人の遣《や》り取りを聞いていた遥が、ステアリングをゆっくり動かしながら口を挟む。

「あいにく俺も釣りはしたことがない」

ちょっと意外な感じもするが、実はそうなのだ。ときどき東原《ひがしはら》あたりがクルージングに誘ってくるのだが、顔ぶれ的に釣りをしそうなメンツが揃《そろ》うことはなく、そもそも遥は船酔いしやすい体質で、マリンレジャー自体あまり好みではないようだ。

「魚を捌《さば》いて料理するのはかまわんが、釣れるかどうかが問題だな。あんまりあてにしないで、メニューは別に考えるほうが無難《ぶなん》じゃないのか」

「えーっ、ひどいな遥さん。三人がかりなら何か釣れますよ。……たぶん」

佳人も冬彦も竿を持った経験すらないため、最後はちょっと自信なげになる。

「もしものときは、近くに鮮魚コーナーが充実したスーパーマーケットがあるみたいなので、なんとかなるのでは」

「えっ。それは最後の手段だからね」

冬彦にまで予防線を張られ、佳人は立つ瀬のなさに苦笑いした。

山裾に開けた高原地帯は緑のただ中にある感じで、至る所にブナの木があり、目にも涼しげだ。空気も澄んでいて、頬を撫でる風が心地いい。

佳人たちが三日間過ごすのは、背後がすぐ林になった一帯の中の一区画だ。駐車場とテントを張る場所がきちんとラインで区切られていて、AC電源も使用できる。駐車場は砂利敷きで、テントサイトはフラットな芝地になっている。自然味に溢《あふ》れているとは言い難《がた》いが、初心者の佳人たちにはこのくらい整備されているほうが使いやすそうだ。

遥が見事なハンドル捌きで車をスペースにぴたりと駐める。

「まずはテントだね」

佳人と冬彦は降りてすぐハッチを開け、テント用具一式を下ろす。あらかじめ手前側に積んできたのでスムーズに取り出せた。

エンジンを止めて出てきた遥も加わり、地面に数種類のポールと畳んだテントを並べ、部品が揃っているかどうか皆で確認する。

佳人たちにあてがわれた区画は一番端で、隣接するスペースは今のところ空いていた。もしもキャンプ慣れしたグループが隣で佳人たちの設営の様子を見ていたなら、ぎこちなさに大丈夫かと心配したかもしれない。いちおう取扱説明書は熟読し、手順を頭に入れてきてはいるものの、実際に地面に位置取りして組み立てるのは初めてだ。

テントサイトに設置するのは、就寝と団欒《だんらん》用のテント、ダイニングテーブルやチェアを覆う日除けのタープ、それからキッチン用のバーナーだ。荷物は必要に応じて車に取りに行くことになるため、車も併せて四点のレイアウトを考える。

「やっぱり動線がスムーズなのがいいですよね」

できればテントは、公共の通路から丸見えにならないよう、車体の斜め後ろあたりにあるほうが落ち着ける。公道側にテーブルセットを据えて、傍にバーナーを置くことで意見が纏《まと》まった。

寝室になるインナーテントを広げて位置決めをし、グラウンドシートを二人で両サイドから適度な力加減で引っ張り、皺《しわ》が寄らないように気をつけてペグと呼ばれる杭《くい》を打って固定する。

四隅とも地面にしっかり留めたら、ポールを組み立てる。収納時には折り畳まれているポールをジョイントさせて長くし、テントの屋根に付いているスリープに通す。

「スリープの色とポールの色を合わせるんですよね。これなら間違えようがないですね」

こうした作業は好きなのか、冬彦は楽しそうだ。

「スリープに通したら、片方の端を四隅のピンに挿《さ》して固定する。ピン、わかる?」

「わかります」

それから、いよいよテントの立ち上げになる。固定していないほうのポールの端を持って、押すようにしながらスリープの中をずらしていき、ドーム型に立ち上げる。

「わぁ」

いわゆるテントらしいものが立体化したときには、思わず佳人も歓声を上げた。

「これでいいんですね。なるほどー。ドームテントは本当にそんなに難しくないですね」

「いいから、フックをポールに掛けろ」

反対側で黙々と作業を続けている遥にぶっきらぼうに言われ、佳人は「そうでした」とちらと舌を出し、テントの斜面に付いているフックを引っ張ってポールに掛けた。こうすることでポールの強度を上げられる。

何も知らなかったときは、これで完成だという認識だったが、このインナーテントの上にフライシートというものを掛けるらしい。寝室の前方にもスペースを設《もう》け、かつ、インナーテントとフライシートの二重構造で雨風に強くなる。この前方のスペースを前室と呼ぶらしい。皺が寄らないように綺麗に張ると、両方の隙間が適正になるように設計されているそうだ。

フライシートも無事張り終えて、テントができた。

次は日除けのタープを張る。このタープにもいくつか種類があるが、一番人気で設営が楽だと教えてもらったヘキサタープというのを借りた。ポール二本で三角屋根の形に張るものだ。テントに比べると構造は単純で、部品も少ないが、実際に設営してみると思った以上にこちらのほうが難しく感じた。

まず、布の端に取り付けたポールの一本を立ち上げ、一人が支えておく。そして、もう一人がポールに付けた二本のロープをそれぞれ四十五度の角度で張る。この作業を反対端でも行い、布を吊ったら、最後に四隅を地面にロープで固定し、三角屋根を作る。

ポールを立ててロープを張る間、大判の布に風がぶつかってきてバサバサとはためき、支えているのが結構大変だった。ロープを張る作業は遥のほうが上手いので、佳人はポールを持つ役割に回ったのだが、途中から冬彦が加勢してくれた。危うい様子を見るに見かねたのだろう。

着いて早々の共同作業は、ホテルやコテージに泊まるのとは全然違う昂揚感と一体感があって楽しかった。

「自分たちの寝場所を作るって、なんか、子供のときの秘密基地ごっこに通じるような楽しさがありますね」

インナーテントのグラウンドシートの上に、保温と防湿のためのテントマットを佳人と二人で敷き詰めながら、冬彦が笑顔を見せる。心の底から楽しんでいるのが察せられるいい笑顔だ。

「あ、それ！　それだ。おれも今、なんでこんなにわくわくするんだろうって思ってた」

「佳人さんは小さい頃、探検とか冒険とか好きでした？」

「いや、実はあんまり。おれも冬彦くんと同じで一人っ子なんだけど、兄弟がいないからか遊び方がいまいちわからなかったんだよね。友達もわりとおとなしい子ばっかりで、家でゲームしたり漫画読んだりしてることが多くて。外に出ても自転車を漕《こ》いでちょっと遠くまで行くくらいだったな」

「僕も本を読んで冒険に憧《あこが》れているだけだったので、佳人さんと一緒です」

「冬彦くんの読書好きは小さいときからなんだね」

「ですね」

ふとしたことから冬彦の幼い頃の話を聞けるのは嬉しい。興味深かった。その気持ちは冬彦も同様のようだ。遥や佳人がもっとずっと若かったときのことにも関心を寄せてくれる。

全面に広げたテントマットには適度なクッション性があり、靴下履きの足で踏むと地面とは違うふかふかな感触になった。

マットを敷き終えたところに遥がシュラフを三つ抱えて入ってくる。三つ色違いで、念のためにパーソナルマットも三人分借りてある。地面に寝るという感覚が未知だったので、体に影響しそうなことへの対策は慎重にした。

シュラフを並べて広げるとき、川の字に寝るんだなと思って、佳人はちょっと照れくさくなった。この場合、冬彦が真ん中でいいのだろうか。

冬彦の意向を確かめようと顔を向けると、冬彦もこちらを見ていて目が合った。

冬彦が微《かす》かにバツが悪そうな表情になる。

普段は別々の部屋で寝ているので、三人一緒に床《とこ》を並べるのは初めてだ。それで少々戸惑っているのかもしれない。

冬彦は、遥と佳人が同性愛カップルだと承知している。遥と養子縁組するにあたり、隠さずきちんと話した。もっとも、それより前から冬彦には気づかれていたのだが。

「僕、端でいいですか。寝相悪いかもしれないから」

佳人が何か言う前に冬彦に屈託なく言われる。気を遣ってくれたのかもしれないが、冬彦はそんなふうに考えてほしくないんだろうなと思われたので、佳人も「うん」と素直に頷いた。

「じゃあ、おれ、真ん中にしよう」

「俺は残った場所でいい」

聞くより先に遥は予想どおりの反応をする。

テントの中は粗方《あらかた》整った。

表に出てテーブルとチェアをヘキサタープの下にセットし、近くにスタンドに載せた調理用のツーバーナーを据えれば、大物は準備完了だ。食材や飲みものを入れてきたクーラーボックスと、水を入れるタンクも調理スペースに配置する。

「遥さん、ランタンはどうします？」

「あとでいいだろう。暗くなってきたら用意する」

遥はシングルバーナーを手に、ダイニングテーブルに向かいながら言う。家庭用のコンロほどの大きさがある据え置き式のツーバーナーとは別に、卓上で使用するためのものだ。

このシングルバーナーは、遥がアウトドアショップで購入した。ガスカートリッジと、ゴトクが付いた燃焼部分に分かれるタイプだ。三つ脚で安定しており、鍋やフライパンを載せてもぐらつかない。購入以来、家で何度か使い心地を試していた遥は、慣れた手つきで脚を引き出し、ゴトクを広げ、バーナーに付いているゴムホースをガスカートリッジに繋ぎだした。

「コーヒー、飲むか」

「はい」

佳人と冬彦が元気よく返事をダブらせると、遥の頬が僅《わず》かに緩んだ。佳人を流し見た眼差《まなざ》しが、子供が二人できたようだ、と冷やかしている感じだった。三人でいるときのこうした新しい関係性を、遥もまんざらでもなく思っている様子だ。

三杯分の水を入れたパーコレーターに、粗挽きにしたコーヒー粉をセットし、組み立てたばかりのシングルバーナーの火にかける。弱火にかけて、沸騰《ふっとう》したら二、三分で抽出完了だ。普段はドリップで落としていて、パーコレーターはめったに使わないが、野外で丁寧に淹《い》れて飲むと、えっ、と声が出そうになるくらい美味しかった。

ヘキサタープのおかげで、三人が座ったテーブルは日除けができて風が通る居心地のいい場所だった。折り畳み式のチェアは座面が薄い布でできていて、慣れるまで少し尻の据りが悪かったものの、それも徐々に気にならなくなってきた。

「執行《しぎょう》は何時に着くんだ？」

「あ、そうでした。さっきスマホにメッセージが入っていました。六時には着くそうです」

実は今回のキャンプには、貴史《たかふみ》と東原《ひがしはら》も合流することになっている。

春から綿密に計画を立てて準備している間に、二人にも話す機会があったのだが、そんな中、「貴史さんたちもたまにはキャンプなんていいんじゃないですか」と誘う流れになったのだ。

冬彦も「人数が多いほうが楽しいです」と賛同し、貴史が気兼ねすることがないような雰囲気を作ってくれた。冬彦は東原とはまだ会っていないが、貴史に対しては親しみやすさを感じているようだ。

「辰雄《たつお》さんは明日の午後になるそうだ。今晩遅くまで抜けられない用事があるらしい。執行はバンガロー付きを予約しているんだろう。一人でそこに寝るつもりなのか。ここでもシュラフを貸し出しているようだから、俺たちとテントで寝てもらってもいいが」

「そうですね。明日の夜は東原さんと一緒だからいいけど、今夜はそのほうがよさそうですね」

貴史たちも今日から二泊で予約を入れているのだが、急遽《きゅうきょ》東原が今晩来られなくなったらしい。一人でバンガローに寝るのは寂しいのではないか。貴史さえよければ今夜は佳人たちのテントで寝たらどうだろう。佳人も遥と同じことを考えていたところだった。

「貴史さんに聞いてみますね」

佳人がスマートフォンでメッセージを入力している間、遥は冬彦とパンフレットを見ていた。

「アスレチック広場に、高さ十メートルの結構本格的な空中丸太渡りやジップラインがあるらしい。俺は御免《ごめん》だがな」

「ジップラインってワイヤーをシューッと滑車で滑るあれですか。気持ちよさそう。コースター系はあんまり得意じゃないんですけど、これは一度試してみたいかも」

「行くなら佳人と行け。俺はハンモックを借りて昼寝か読書でもしている」

「ハンモック？　あ、本当だ。木と木の間に吊せるようになっているところがあるんですね」

「俺のことは気にせず、好きなだけ遊んでこい」

「一人で寂しくないですか」

「べつに」

遥の返事は相変わらずそっけないが、明らかに照れ隠しだと佳人にはわかり、なんとも微笑ましかった。冬彦に気にかけられて、遥も悪い気はしないようだ。

「虫除けスプレー、忘れるなよ」

「はい」

冬彦はハーフパンツにTシャツという格好で、ゆとりのある膝丈のパンツから脚が出ている。付くべきところにしっかりと筋肉の付いた、バネの強そうな脚だ。まだ成長途中らしく、日に日に胸板も逞《たくま》しくなっている気がする。体格的にはもう大人とさほど変わらない。去年の十月に初めて会ったときと今とでは、受ける印象も違ってきた。少年らしさがまだまだ強いと思っていたのに、いつのまにかいっぱしの大人の男の顔になっていて、一年足らずで急激に成長した感がある。外見も中身も間違いなくいい男になるだろうから、今後がますます楽しみだ。

「アスレチック広場、行ってみようか」

貴史にメッセージを送信した佳人は、遥たちの会話に交ざった。

「おまえたちで行ってこい。俺は適当にのんびりしている。パンを焼くつもりでいたことも思い出した。どのみち誰か一人は留守番していないとまずいだろう」

「パン焼き、ダッチオーブンで作るときのレシピを使うんですか」

「ああ」

遥は結構料理好きだ。野外ならではの作り方を試したいらしい。

一風変わったパン作りにも興味が湧いたが、まずは一万坪に及ぶキャンプ場のあちこちを冬彦と見て回ってからだ。さっきテントの中で冬彦とした冒険の話が、佳人の頭にあった。

遥に見送られ、冬彦と連れ立って目の前の公道をキャンプ場の奥に向かって歩いていく。受付でもらった場内案内図を見ながら十字路を右折し、林の中に足を踏み入れる。

背の高い真っ直ぐ伸びた木が随所に植えられており、頭上を覆う葉が強い夏の日差しを防ぐ。木漏れ日が砂利を敷いた地面に落ちてレース編みのような模様を描いていた。

他のキャンプ客が散策している姿も見かけた。家族連れだったり、恋人同士らしかったり、仲良しグループかと思われたり、様々だ。朗《ほが》らかな笑い声や話し声が聞こえるたび、こちらの気分も上がる。

今歩いているところは最低限にしか手を加えていない自然に近い状態を保たせたエリアのようだ。案内図にも散策道は記されておらず、気の向くままブラブラする感じで、特に何かがあるわけではない。樹木や植物を観察したり、鳥を探したりしている人をときどき見かけた。

並んで歩くと冬彦に身長を超されているのが歴然で、育ち盛りの子供と今年三十一の佳人とでは細胞レベルで成長速度が違うんだろうなとしみじみ思う。

佳人と二人だけになると、冬彦は明らかに口数が減った。

話すより一緒に歩く空気感を大切にしたがっているような和《なご》やかな静かさだ。佳人から話題を振れば普通に返事をするが、自分から積極的に口を開こうとはしない。それでもぎくしゃくするわけではなく、気心の知れた者同士の、言葉にするまでもない雰囲気に近かった。

森林浴をしながら林を奥へ奥へと歩いていくと、やがて手洗いとシャワー室数個が連なる矩形《くけい》の建物が見えてきた。右手には公園への出入り口がある。

「アスレチック広場はあの公園の先みたいですね」

しばらく静かだった冬彦が興味津々の口調で言う。

「うん。せっかくだから覗《のぞ》いてみよう」

元より佳人は遊園地の絶叫系がわりと好きなほうだ。ジップラインは一度試したいと思っていた。マシンに乗ってぐるぐる振り回されるのも自分がどうなるのかわからない怖さがあるが、身一つで滑車に摑まり、高いところを一気に滑っていくのも心臓がバクバクしそうだ。怖いならやめておけばいいだけの話だが、やってみないではいられない。かといって、ホラーハウス系は絶対入りたくないので、恐怖体験を求めているのではなく、疾走感と、制覇したという達成感が好きなのだろう。

「その前にトイレをすませておこうかな」

「僕は大丈夫です。公園で待っていますね」

冬彦は公園に向かい、佳人は手洗いに寄って用を足し、ついでに洗面台で顔を洗った。

設営で一汗搔いていた肌が冷たい水ですっきりする。長めにしている前髪が濡れて、ポトリとシャツに水滴が落ちた。不意に、昨晩遥と抱き合った記憶が甦《よみがえ》り、誰が知るわけでもないのに面《おも》映《は》ゆさが込み上げ、じわっと頬を赤らめる。佳人の上に覆い被さって、密着させた腰を荒々しく動かす遥の汗がまさにここに降ってきたのだ。

『キャンプ中は、できないからな』

脳髄を直撃するような色っぽい声で囁かれた言葉まで思い出し、下腹部がジュンと疼《うず》く。

鏡に映った顔は欲情の兆《きざ》しが窺えて、このままでは冬彦に見せられないと焦った。

淫らな気分が失せて平常心に戻るまで時間を置いてから公園に行った。

この先にあるアスレチック広場は身長と年齢に制限があり、条件を満たしていないと利用できないのだが、そうした小さな子供向けにブランコや砂場、築山などの遊具が設置されている。小学校に上がる前と思《おぼ》しき年齢の子供たちが元気いっぱいに駆け回る中、佳人は冬彦の姿を木陰のベンチに見つけた。

あれ、と思わず目を細める。

冬彦が座っている平らな木のベンチの横に少し間隔を空けてもう一台同じベンチがあるのだが、そこに冬彦と同年配くらいの女の子が座っている。

七分袖のボートネックシャツの上にオーバーオール、リネンのサファリハットという出《い》で立ちで、背中の中程まである黒髪が艶やかだ。それほど活発なタイプではないのか、膝の上に本を載せている。眼鏡をかけていて、レンズの奥の目は小さめで気弱そうだ。

ひょっとして冬彦はこの少女と話していたのだろうか。他にも空いているベンチはあるのに、わざわざ同じ年頃の少女の隣のベンチに座っていることに意味がありそうな気がして、佳人は声を掛けるのを躊躇った。邪魔しては悪いなと思ったのだ。冬彦も年頃だから、同年代の女の子がいれば、そちらに気を惹かれるのは自然だろう。佳人といるより楽しいかもしれない。

しかし、どうやらそれは穿《うが》ちすぎだったらしく、冬彦は佳人が来たことに気がつくと嬉しそうに微笑んで「佳人さん！」と手を振ってきた。

冬彦の様子がいつもどおりだったので、佳人は心持ち鈍らせかけていた足取りを速め、冬彦の許へ行った。

「ごめん。待たせたね」

「よかった。具合でも悪くなったのかと心配になってきたところでした」

「それはないよ。ほんとごめん。汗掻いてたから顔を洗ったりしてたんだ」

隣のベンチの少女は、後から現れた佳人が冬彦と遣り取りしだしたのが気になるようで、遠慮がちに視線を向けてくる。あからさまに見ては失礼だという気持ちが働いているからか、佳人と目が合うと、明らかに動揺して顔を伏せてしまった。

「もしかして、知り合い？」

佳人は話の取っかかりを作るために冬彦に聞いてみた。

「いえ。今ここで初めてお会いしたんですけど、僕と同じで中三だそうなので、受験勉強の話をちょっとしていました」

相変わらず冬彦は真面目で浮ついたところがない。同い年の女の子と知り合っても、ナンパなど考えたこともないようだ。ナンパはともかく、普通に話すだけにしても話題がそれとは、いかにも冬彦らしくて、佳人は目を細めた。

「こんにちは」

冬彦と向き合ったその場から、佳人は隣のベンチの少女に挨拶《あいさつ》する。

「……こ、こんにちは」

少女も小さな声で返してきた。帽子の陰になっていても、顔が赤らんでいるのが見てとれる。これくらいの年の頃は、自分も異性と対するときわけもなく身構えて、気を張り詰めさせていたな、と佳人は懐かしく思い出す。いささか自意識過剰で、言動の一つ一つが相手の目にどう映るのか気にしすぎだったかもしれない。傍目には涼しげな顔をしているように見えたかもしれないが、内心はコンプレックスの塊《かたまり》で、それを誰にも悟られたくなくて、精一杯取り繕っていた気がする。

この少女もそんな感じなのかは定かでないが、冬彦から話し掛けられてドギマギしていたであろうことはなんとなく察せられた。そこに佳人まで加わって、さらに緊張が増した様子だ。

「僕の方に帽子が転がってきたので、拾ってあげたんです」

風の悪戯《いたずら》が言葉を交わすきっかけを作ったらしい。同い年くらいで、そのときお互い一人だったので、帽子を渡したあとも、それまでどおりにそれぞれ別のベンチに座ったまま、話をする流れになったようだ。冬彦も読書が好きで、彼女が手にしていたのが本だったことも会話の糸口になったのだろう。

人見知りこそしないものの、佳人もそれほど口が立つほうではない。ことに中学生の女の子が相手となると、挨拶のあと何を言えばいいのかろくに思いつけなかった。少女もどうすればいいかわからない様子で俯《うつむ》いている。冬彦とならばもう少し話せていたようだが、佳人ほど歳が離れてしまうと戸惑うらしい。

少女が落ち着かなそうにモジモジし始めたので、ここはもう切り上げたほうがよさそうだと思い、佳人は冬彦に行こうかと言いかけた。

「ともこー！」

そこに、少し離れた場所から名を呼ぶ声が聞こえ、佳人は開きかけた口を閉じて声のした方に目をやった。

「お母さん」

ほぼ同時に少女がベンチから起ち上がる。

こちらに近づいてくる女性は少女の母親のようだ。

少女の許に母親が来て、佳人とあらためて会釈《えしゃく》し合った。特に話はしなかったが、いかにも保護者同士らしい対応の仕方だと感じて、佳人はちょっとドギマギした。まだまだこうした遣り取りに馴染みきれていないのを自覚する。

少女は迎えにきた母親と一緒に自分たちの区画サイトに戻るらしかったので、佳人たちはその場で別れた。

アスレチック広場に向かって冬彦と並んで歩く。

「なんか悪かったね。二人で話してたところにおれが割り込んだ形になって」

「えっ。そんなこと全然ないですよ」

佳人が申し訳ないと詫びると、冬彦は目を丸くした。

「僕ともそれほど話が弾んでたわけじゃないんです。県内に住んでいて、ここには今日から二泊三日の予定で来ていると言ってました。うちとまったく一緒の日程で、すごい偶然だなと。一人でいるからきょうだいいないのかなと思ったんですけど、やっぱりそうでした」

祖父の居酒屋をときどき手伝っていた冬彦は聞き上手で、会話はあまり弾まなかったと言いながら、彼女からいろいろな話を引き出したようだ。

「あとは、学校のこととか、本のこととか、ポツポツと。お互い名前も教え合わずに話していたんです」

「お母さんが、ともこ、って呼んでたね」

帽子が縁で知り合ったと言うと何やらロマンチックな趣《おもむき》があるが、冬彦的には特に関心を掻き立てられる出来事ではなかったようだ。佳人にしてもそれは同様で、滞在中にまたどこかで顔を合わせたとしても、せいぜい挨拶を交わす程度で、それ以上の関係になることはあるまいと思っていた。別れた直後にちらと話題にしたが、話が変わってからは再び彼女たちのことが口の端に上ることはなく、自然と忘れていった。

アスレチック広場には子供から大人まで様々な年代の人が来ており、どの遊具も順番待ちの列ができている。ときどき奇声や悲鳴が上がるが、それより歓声や笑い声が多く聞こえた。

「まずはジップワイヤーかな」

「そうしましょう」

冬彦よりも佳人のほうが浮き足立っているようで面目がなかったが、冬彦は佳人の好きなことを優先させたがる。

「ここには僕が絶対避けたいものはないみたいなので、どれも同じくらいやってみたいと思うんです。順番付けたり選んだりって、あんまり得意じゃなくて。だから、佳人さんがやりたいものから制覇していきましょう」

「本当にそれでいいの？」

「むしろ、助かります」

相変わらず冬彦は大人っぽくて、しっかりしている。言い方一つ取っても、佳人を立ててくれているのが察せられ、細やかに配慮できることに舌を巻く。

いいのかなぁと躊躇《ちゅうちょ》しながらも、冬彦は本気でそう思っているようだったので、佳人も開き直ることにした。

ジップワイヤーはやはり一番人気で、前に十人ほど並んでいた。

先に冬彦が行くのを見送り、いよいよ佳人の番になる。

ヘルメットと命綱を着け、下を見たときは足が竦《すく》んだが、動きだしてからはあっという間だった気がする。

風を浴びながら一気に滑り降りた。

ちゃんと景色も楽しんだ。

爽快すぎて癖になりそうだ。

降り場で待っていてくれた冬彦も「気持ちよかったですねっ」と屈託のない笑顔で声を弾ませる。それがまた佳人は嬉しかった。

他にも数種類の遊具があって、吊り橋を渡る恐怖感を味わいながら揺れる板を踏み進んだり、太いロープで編まれたネットの中を歩いたり、ボルダリングをしたりして、気づけば二時間近く経《た》っていた。

「そろそろ戻ろうか」

「結構長くなっちゃいましたね。遥さん、あいつらまだ帰ってこない、って苛々《いらいら》されてないですかね……」

「いや、それは大丈夫だと思うけど」

遥はそんなことで怒ったり苛立ったりはしないだろうが、二時間も一人にさせてしまった申し訳なさから佳人の足は自然と速くなる。

二人して、ほとんどジョギングする感覚で自分たちのスペースに戻ってきた。

出掛けたときは空いていた隣の区画に利用客が入っている。紺色のミニバンが駐まっているのを見て、佳人はどんな人たちかな、とさしたる意味はなく漠然《ばくぜん》と関心を持った。

「あれ……、ともこさん？」

傍《かたわ》らで冬彦が唖然《あぜん》とした声を出す。

そのときには佳人も母親の姿を目にして気づいていた。

まさか、と信じ難かったが、間違いない。

今日から三日間、縁あって隣同士で過ごすことになったのは、さっき会った母子と、まだ顔を合わせていなかった父親の三人家族だった。

＊

ともこは智子《ともこ》という字を書くと、眼鏡をかけた同い年の少女は小さな声で言った。

羽柴《はしば》智子、フルネームはそういうらしい。

「僕は黒澤冬彦」

さっきはお互い名乗らずに、軽く世間話をしただけだった。佳人に言ったとおり、どこから来たんですか、何年生ですか、と同じ年頃っぽかったので聞いてみた。

女の子と喋《しゃべ》るのはあまり得意ではなく、普段なら拾った帽子を渡すだけで終わったと思うのだが、彼女が手にしていた本が、冬彦も最近読んだ新作ミステリーで、話し掛ける気になった。その本僕も読んだと言うと、硬かった雰囲気が僅かに和らいだ。受験生だということや、家族と二泊する予定だといったことも話せて、キャンプは今回が初めてで、家族は両親と自分の三人、など共通点が多いこともわかった。

不思議な縁だなと、あらためて感じる。

芝生と、ラインが引かれた砂利敷きの駐車スペースが一区画で、隣との堺には柵も何もない。それでも普通ならせいぜい挨拶を交わす程度で終わったに違いない二家族が、ひょんなことから隣同士だとわかる前に顔見知りになっていた。

佳人もこの偶然に驚いていたが、持ち前の人当たりのよさと物怖じしない性格で、智子の母親と「お隣だったんですね」「よろしくお願いします」と笑顔で挨拶し、それがきっかけでなんとなく交流する雰囲気ができた。

遥はいつもどおり「ああ」と「そうか」の二言と、向こうの家族に対しての「どうも」だけで応じており、まったく動じていなかったが、相手の父親は思いがけない成り行きに少なからず戸惑っているふうだった。

真面目で勤勉そう、もしかしたらちょっと不器用なのかも、という印象を冬彦は智子の父親に対して持った。

人を見る目は、祖父の店で様々なお客と接してきた経験から、ある程度鍛《きた》えられていると自負している。手を見ればその人がどんな人生を歩んできたのか想像がつく。これは祖父の弁だ。そう聞いて育ったので、冬彦は初対面の人に会ったとき手を見る癖がある。

見たからといって人生経験の少ない冬彦に推《お》し量れることは限られているのだが、羽柴栄一《えいいち》の手はよく働く人の手だと思った。皮膚が硬く厚そうな柔らかみのない手で、短く切り揃えた爪の先は洗っても落ちない類いの黒ずみ方をしている。そこから真面目と勤勉が浮かんだ。感情が顔に出やすく、適当なお愛想を口にして相手に合わせるような立ち回りの上手さとは無縁そうなので、どちらかといえば不器用で、たぶん正直な人なのだろう。

「すごい偶然だね」

冬彦は馴《な》れ馴《な》れしくなりすぎず、かといってしゃちほこばりすぎないようにして、智子に笑顔を向けた。智子はこくりと頷き、じわっと顔を赤くして俯く。智子はお世辞にも陽気で人当たりがいいタイプとは言えず、引っ込み思案らしいのだが、どうやら冬彦と一緒にいること自体は嫌ではなさそうだ。冬彦をがっかりさせたくないと気を遣いすぎて硬くなっている感じで、ときどき縋《すが》るような目をする。

智子の気持ちが冬彦にも伝わってきて、冬彦は智子の傍を離れにくかった。この先まだ何日か隣同士で過ごすのに、拒絶したと思われて気まずい雰囲気になるのは避けたい。子供同士がぎくしゃくしていると遥や佳人もやりにくいだろう。

正直に言えば、冬彦は遥たちと話したり作業をしたりしているほうが楽しい。

大人たちは区画と区画の境目に集まって、友好的に話している。お互いキャンプは初めてで家族連れという共通点があるので、挨拶だけで終わりにはならなかったようだ。最初はちょっと引き気味に見えた栄一も、徐々に打ち解けてきたらしい。スーパーで……、とか、バーベキューなら……、などといった言葉がときどき聞こえてくる。この流れで行くと夕食を一緒にという話になるかもしれない。それはそれで冬彦はかまわなかった。

大人たちがそんなふうなので子供は子供同士仲良くしたほうがいいかと思い、冬彦から智子に声を掛けたのだ。

羽柴夫妻は、遥と佳人の関係をよその家庭の事情と割り切っているようで、不躾《ぶしつけ》な質問を浴びせたり、奇異な目で見たりせず、それが冬彦には嬉しかった。昨今は珍しくもないと承知しているのが態度から察せられる。自然体で接してくれているのがわかり、冬彦は胸を撫で下ろした。見ず知らずの人と接したときには、男ばかりの家族に偏見を持つ人が少なからずいて、いくら遥と佳人が気にしていなそうでも、冬彦は密《ひそ》かに悔しい思いをしている。自分のことを興味本位に噂されるのは我慢できるが、恩人だと感謝している二人を貶《おとし》められるのは辛い。羽柴夫妻はそうではなくて、好感度が上がった。

智子のことも、礼儀正しくてきちんとした性格なのはわかるし、打ち解ければ趣味の話で盛り上がれそうな兆しがあったのは、公園で確認ずみだ。

もしかすると親が近くにいるから異性と話すのが照れくさいのかもしれない。チラチラと両親を窺う智子の態度に、冬彦はふと気がついた。

「夕食の準備にかかるまであと一時間ほどあるから、それまで遊んでていいって言われてるんだけど、よかったらその辺を散歩しない？」

冬彦が誘うと、智子は明らかにそのほうが嬉しいという顔になった。

母親に「いいわよ。気をつけて行ってらっしゃい」と許しをもらった智子と連れ立ち、今度は東側のエリアを散策しに出掛けた。

こちら側にはドッグランや菜園、芝生広場があるらしい。

「ペット、何か飼ってる？」

通りすがりのペット同伴可のサイトに、リードに繋がれた柴犬がいるのを見て、冬彦は智子に聞いてみた。

「昔、犬がいたけど。その子が病気で死んでからは、父も母ももう飼いたくないって」

「ああ、わかる。ロスになるよね。僕は飼ったことないんだけど、友達がそれで一週間くらい学校休んでた」

「私は……猫を飼ってみたいなと思ってる」

「猫も可愛いね。僕の家には地域猫がたまに餌をもらいに来るよ。佳人さんに懐いてるんだ」

並んで歩くうちに緊張が解れたのか、智子はだんだんとスムーズに喋るようになった。冬彦が佳人の名を出すと、智子は初めて二人のことを話題にした。

「黒澤くんのところ、保護者の方どっちも若いね。芸能人みたいにかっこよくて、ちょっとびっくりした」

遠慮がちに言う。

やはり気になってはいたらしい。それでもあえて男同士であることに触れずにいるところに、奥ゆかしさを感じる。

「うん。僕もいつもそう思ってる。あ、僕はどちらとも血は繋がってないんだ。去年唯一の肉親だった祖父が死んで身寄りがなくなって、施設のお世話になるしかなかった僕を、祖父と知り合いだった佳人さんがパートナーの遥さんと相談して引き取ってくれた。そのとき黒澤さんの養子になったんだよ」

冬彦は何も隠したりごまかしたりせず、ありのままを話した。誰にでもそうしているわけではなく、相手を見て言ったり言わなかったりするのだが、なんとなく、智子にはちゃんと話したほうがいい気がして、不思議と躊躇わなかった。

「素敵なお父さんが二人いて、羨《うらや》ましいな」

まんざらお世辞でもなさそうに智子は言う。冬彦はもちろん悪い気はしなかった。好きな人たちを褒めてもらって嬉しい。

「智子さんの家も家族仲よさそうで、いいなと思うよ」

「そ、そうかな……ありがとう。両親仲いいし、私も母とはよく話すの。でも、父とはあんまり口利かない。べつに仲悪いわけじゃないけど、話すことがないっていうか。仕事人間でいつも工場に詰めてるし」

「お父さん、工場をやってるの？」

「町の小さな部品工場だけど。今あんまり景気よくないみたい。半年ほど前から深刻そうな顔することが多くなって、たぶん経営楽じゃないんだろうなと。だから、夏休み前に突然、今年は家族でキャンプに行かないかと言われたとき意外だったの。思わず仕事大丈夫なのって聞いて苦笑いされちゃった」

「自営業はどうしてもいい時と悪い時があるから大変だよね。僕も、亡くなった祖父が店をやっていたから、ちょっとだけわかるかも」

冬彦が祖父の話をしたからか、智子は溜め込んでいた閊《つか》えを出すかのように、本来なら知り合って早々の相手にここまで言うことはないだろうと思われる深さまで掘り下げた話をしだした。きっと誰かに聞いてほしくて、もう限界だったのだろう。智子の語り口から冬彦はそんな印象を受けた。

智子の祖父が創業した部品工場は、十年ほど前に父親が継いだときから業績が下降する一方だったそうだ。智子は小さい頃から一生懸命働く両親を見て育ったという。

両親が大変なことは言われなくてもわかったので、智子もあまり物を欲しがらず、我《わ》が儘《まま》を言わない子だったらしい。なんでも買ってもらえる友達が羨ましかった、とちょっと寂しそうに呟《つぶや》いたのが、冬彦は胸にきた。

冬彦自身、両親に捨てられて、居酒屋をやっていた祖父と二人暮らしをしていて、家庭的に恵まれた環境で育ったとは言えないほうだ。智子とはまったく事情が違うが、満たされない部分を抱えて生きてきたところは似ているかもしれない。

今は、遥と佳人のおかげで、冬彦は毎日幸せを嚙み締めている。

智子の家庭にもこれからいいことがたくさん起きますようにと願う気持ちが湧いた。

「きっと、この後はしばらく受験勉強一色になるだろうから、夏の間に家族揃っての思い出作りを、って考えてくれたんじゃないかな」

一通り智子の家庭の事情を聞いて、冬彦は言った。

「たぶん。家族揃ってどこかへ出掛けるのなんて、もしかしたら小学校以来なんじゃないかってくらい久々で、今日が待ち遠しかったの。一昨日お祖母ちゃんの四十九日の供養もすんで、お母さん二年ぶりに介護から解放されて一息吐けたばかりだから、キャンプ楽しんでほしい」

どちらかといえばインドア派に見える智子がキャンプに来られて嬉しいと言うのは、苦労続きだったのであろう母親のことを思ってのようだ。

「いろいろ大変だったんだね」

冬彦はしんみりとした口調で言った。経験したことがないので介護の大変さは想像するしかないが、母親を思いやる智子の気持ちはしっかりと伝わってきた。

「お祖母ちゃんが倒れてからずっと付きっきりで面倒見てたの。私もできるだけ手伝うようにはしてたんだけど、たいしたことはできてなかった。お母さんの負担、大きかったと思う。お父さんも、その間お母さんが工場に出られなかったから、人手が足りなくて大変そうだったけど」

どこの家庭も多かれ少なかれ事情を抱えているものだろうが、智子の話を聞くと、このキャンプ場に来ている人たち一人一人にドラマがあるのだとあらためて思う。

そのうちほとんどの人とは知り合うこともなく、あのときあの場所にたまたま一緒にいただけの縁で終わるのだ。そんな中の一つにすぎなかったはずの羽柴家の事情を、偶然の重なりから聞くことになったのにはどんな意味があるのか。

冬彦はなんとなくそこまで思考を巡らせた。

たぶん意味などないと思うのだが、智子といると訳もなく傍にいないといけない気になるのが我ながら不思議だ。出会いも、必然であったように思えてならない。うまく言えないが、引き寄せられた感じがする。ただ一つはっきりしているのは、これは恋ではないということだ。恋にはすでに襲いかかられているので、これは違うと言い切れる。

「志望校は県内の学校？」

冬彦は話を受験のほうに戻した。

「うん。公立の商業高校。……本当は、普通科のある進学校に行きたいんだけど、去年の進路相談のとき、お母さんが、家庭の事情で難しいですって言ってたから、無理だなって。元々そんなに成績よくないし」

「僕も勉強は得意じゃない」

「そうなんだ。でも、大学まで行くつもりなんでしょう？」

「先のことはわからないよ。高校在学中に起業するかもしれないし」

「えっ？」

何の冗談かと言わんばかりに智子は呆気にとられた顔をする。

さすがに大きく出すぎたかと、冬彦も面映ゆくなった。

「うちは遥さんも佳人さんも起業家なんだ。どっちも今みたいになるまでは、平坦な道のりじゃなかったみたいで、すごいなと尊敬してる。だから、僕もできれば二人に恥じない生き方がしたいと思って」

遥たちがどんな苦労をしてきたのかは、まだしっかりと聞いておらず、推測の域を出ないのだが、何かの折りにちらりと洩らされた話から、相当努力したんだなと感じている。

「まぁ、高校在学中はないだろうけどね」

冬彦があっけらかんと前言撤回すると、智子はクスッと笑った。

よかった、少しだが笑ってくれた、と冬彦はホッとする。暗めの話が予想外に多かったので、このまま空気が重くなったら間が保たないかもしれないと心配だったのだ。

前方にドッグランが見えていた。

芝生を柵で囲った中で、飼い犬が楽しそうに走り回っている。

「犬、結構いるね」

威風堂々《いふうどうどう》としたレトリバーから、ちょこまか動くパピヨンやチワワなどの小型犬まで、どの犬も飼い主の愛情をたっぷり受けて幸せいっぱいだとアピールしているように見えた。可愛い服を着せられている子もいる。

犬連れでないと中には入れないので、柵の外から犬と飼い主が遊んでいる様子を眺めた。

可愛い犬たちの姿に、智子の顔に笑顔が絶えず浮かぶようになり、誘ってよかったと冬彦は思った。明後日チェックアウトしたら、おそらくもう連絡を取ることはない気がするが、縁があって隣同士になったので、ここにいる間は楽しい夏の思い出を一緒に増やせたら嬉しい。

十五分ほどドッグランを柵越しに眺め、その後、同じ並びにある有機菜園もちらと覗いてから、引き返した。

戻ってみると、ステーションワゴンと共に佳人の姿が見当たらない。

「佳人さん、どこかへ行ったんですか」

それなら自分も一緒に行きたかったと思いつつ遥に聞く。

「車で五分のスーパーに買い出しに行った」

遥はそう返事をして、ちらっと冬彦の顔を意味ありげに一瞥《いちべつ》してきた。

何も言われなかったが、胸の内を読まれたようで、ちょっとバツが悪かった。

そのまま遥は羽柴一家の区画に視線を向け、冬彦もつられて目をやった。

智子の母親、早苗《さなえ》もいない。なるほど、と納得する。どうやら二人で出掛けたらしい。

これはいよいよ両家で合同の夕食会決定のようだ。今夜はバーベキューの予定だから、皆でワイワイしながら食べるにはうってつけだ。

六時には佳人の友人で弁護士をしている執行貴史もやって来る。

冬彦が貴史に会うのは今日で三度目だ。高学歴のエリートだろうに、それをまったく鼻にかけない謙虚《けんきょ》な人で、冬彦にも礼儀正しく接してくれる。本人は物静かで落ち着き払っていて、威圧感などかけらもないのに、どこか只者《ただもの》でなさそうなところも感じられて興味深い。今回貴史も一緒だと聞いて嬉しかった。

今夜は七人でちょっとしたパーティーのような雰囲気になりそうだ。

遥はダッチオーブンに丸めて並べたパン生地に溶かしバターを塗っていた。

先ほど佳人と話していたダッチオーブンだけで作れるというパンをこれから焼くようだ。鍋を覗いてみると、二次発酵まではうまくいっているのがわかった。遥が作るものに失敗はまずないのだが、野外での料理もこなすあたりさすがだ。

「僕にできることありますか」

冬彦が聞くと、遥は鍋に向かって顎《あご》をしゃくり、パン焼きを任せる、というしぐさをする。

「弱火で二十分強が目安だ。十五分くらい経ったら一度チェックして焼き加減を見ろ」

「はい」

「俺はランタンの準備をする」

外はまだ明るいが、腕時計を見ると午後五時を過ぎている。

冬彦がパン焼きを引き継ぐと、遥は調理場を離れてランタンを灯《とも》しに行った。

＊

羽柴夫妻と夕飯の話をしたとき、両家とも今晩はバーベキューをするつもりだとわかり、自然な流れで「どうせならご一緒しましょうか」となった。

冬彦と智子も同い年で共通の話題も多そうだし、二人で「ちょっとその辺を歩いてきます」と散歩に出たくらいだから、お互いそこそこ興味はあるのだろう。

端整な顔立ちと品のよさに加え、クールでちょっとミステリアスな雰囲気を持つ冬彦は、なんとなく気易くしづらい雰囲気があるのか、知り合ってすぐ友人ができるタイプではないらしい。

最初のうちは遠巻きにされて関心だけ示されることが多いという。中学三年生に進級するのを機に学校を変わり、名前もはじめから黒澤冬彦として新しいクラスに編入したわけだが、まだ特に仲のいい友達はいないようだ。冬彦も気にしている様子はない。前の学校で親友付き合いをしていた牟田口《むたぐち》とは今もこまめに連絡し合っているそうだから、友達がいないわけではないのだ。

冬彦は賢くて芯が強く、自分の意見を持っているので、佳人も心配はしていない。ただ、常に大人にばかり囲まれているよりは、智子のような同学年の子と接する機会もあるほうがいいのではないかと思っている。羽柴一家と夕食を共にするのは佳人的には願ったり叶ったりだった。

貴史も直に到着するはずだ。仕事を早めに切り上げて、六時のチェックイン締め切り時間に間に合うように来ることになっている。貴史も入れて総勢七人でバーベキューとなると、何かメニューを増やしたほうがよさそうだ。

案外凝《こ》り性の遥は土鍋まで用意してきている。それで鯛飯《たいめし》でも作るか、という遥の提案に早苗と栄一も異議なしだった。米は余分に持ってきている。出汁《だし》を取る昆布もある。肝心の鯛を近くのスーパーマーケットで調達すればいい。

そんなわけで、佳人が車を出して早苗と二人で買い物に行くことになった。

「すみません、付き合っていただいて」

ゲートに向かって徐行運転しながら、佳人は助手席に座った早苗に話し掛けた。

娘の智子ほど引っ込み思案な感じはしないが、早苗もあまり社交的なタイプではなさそうだ。

几帳面《きちょうめん》で礼儀正しい人、というのが第一に受ける印象で、佳人の言葉に対する返事からもそれは窺えた。

「いえ、そちらにだけご負担をお掛けするわけにはいきませんから」

買い物に行く労力もさることながら、要は、うちの分の食費はうちで負担します、ということだろう。お金の問題ではなく羽柴家のモットーとしてその考えは尊重するべきだと思い、佳人は素直に受け止めた。後腐れのないように楽しい時間を共有するためには、ある程度のルールを設けるに越したことはない。

キャンプ場のゲートを出て一本道をしばらく行くと県道と交差する。スーパーマーケットはこの道を左折した先にある。

県道に入るとき、サイドミラーを確認するついでに早苗の横顔が目に入った。

キャンプ場で話していたときには、家族でのレジャーを楽しんでいるように見えたが、今は少し気が抜けてぼんやりしている様子だ。

ひょっとして、無理をしていたのかな、と佳人は感じた。キャンプは初めてだと言っていたので、慣れないのに夫と娘が精一杯楽しめるようあれこれ気を配りすぎて疲れたのかもしれない。なんとなく早苗は責任感が強く、母としても妻としても完璧でなければと自らを追い込みがちな性格のような気がする。本当はキャンプに来るのは気が進まなかったのかと邪推《じゃすい》したくなるほど一気に鬱《ふさ》ぎ込んで見え、気づかない振りをするのも躊躇われた。

「お疲れですか」

あえてさらっとした口調で聞いてみる。左折してからは早苗の方は見ず、ハンドルを両手で握って前方に顔を向け、運転に専念する体《てい》を装った。実際、佳人は遥ほど運転が達者ではないので、早苗を助手席に乗せていつも以上に慎重になっていた。

「……えっ？」

どうやら本人は無自覚だったらしく、身を硬くして緊迫感を漂わせる。知られては困ることを指摘されて動揺したような、ちょっと過剰とも思える反応をされて、佳人まで戸惑った。

「ああ、ごめんなさい。実は……ええ、ちょっと疲れているかもしれません」

早苗は急に口数が多くなった。最初は言葉を選びながらぎこちなく話す感じだったが、徐々に舌が回るようになり、佳人が口を挟む余地もないほど喋りだす。

気まずさを紛らわせるためだろうか。それもあるかもしれないが、早苗には何か隠したいことがあって、そこから佳人の意識を逸《そ》らそうとしているかのような感じを受けた。

「一昨日が夫の母の四十九日だったんです。それまで二年あまり私がずっと面倒を見ていました。頑固な姑《しゅうとめ》さんで、病院も施設も嫌だと攻撃的になるので自宅で介護するしかなくて。どのみち夫も介護は家庭でするものだという考え方でしたから、お袋を施設に入れるなんてとんでもない、親父のときと同じように家で世話してくれ、と言うばかりでしたし」

ほうっ、と早苗は重い溜息を洩らす。

「でも、さすがに今は後悔しているみたいです。私に負担を掛けすぎた、すまなかった、と謝ってくれましたから。私も結果的には最後までちゃんとお世話することができてよかったと思っています。娘も本当によく手伝ってくれて。助かりました。夫は私の分まで工場で朝から晩まで働き詰めでしたし。工場もずっと経営不振が続いていて、毎月ギリギリのところで乗り切っているような状態でしたので、家のことは私に任せるしかなかったんですよね。決して自分だけ楽をしていたわけじゃないんです。仕事だけが生き甲斐《がい》みたいな真面目な人で」

「自宅介護は大変だと聞きます」

早苗が一息入れたときに佳人はようやくそれだけ言えた。

難しい話題だった。介護が大変なことは誰しもが認めていると思うが、実際に経験した人でなければ本当の苦労はわからないはずだ。佳人は、自分自身はもちろん、身近にも自分がやった、やっている、という知り合いがおらず、そんな自分が何か言っても薄っぺらにしか聞こえないのではと慮《おもんぱか》った。

佳人の迷いと困惑は早苗にも伝わったようで、早苗はハッとして話す勢いを萎《しぼ》ませた。

ほんの二、三時間前に知り合ったばかりの相手に、微《び》に入り細に入り話すことではないと我に返ったようだ。

「いやだ、私……こんな話……」

「すみません、おれ、軽い気持ちで聞いてしまって」

佳人もバツが悪かった。まさかこんな深刻な話になるとは思っていなかったのだ。

「忘れてください。つまらない愚痴《ぐち》なんです。今はもう……介護の必要はなくなったので、言い方はあれだけど、解放された気分です。夫が、家族皆で思い出作りしよう、とここを予約したときには、少し報われた気がしました。仕事仕事で、結婚以来泊まりがけでどこかに連れていってもらったことなかったから」

最後のあたり、早苗は微かに声を震わせていた。

ずっと辛かったんだろうなと思って、佳人は胸が苦しくなってきた。持ち前の、他人に感情移入しやすい気質で、早苗の境遇《きょうぐう》を自分の身に起きたこととして脳内で再現し、理解しようとしてしまう。ストーリーや感情の起伏の激しい物語を読んだときと一緒で、油断するとこちらのメンタルを持っていかれそうになるので、入り込みすぎないように気をつけてはいるのだが、ときどき居ても立ってもいられない衝動に突き動かされることがある。早苗のケースはちょっとその傾向があった。なんとなく切羽《せっぱ》詰まった感情の昂《たかぶ》りが感じられ、佳人まで不穏な心地になる。

なんだろう、これは。

今聞いた話の中にどこか引っ掛かる箇所があったのかもしれない。それは話の内容そのものではなく、語調や間合いから受けた印象の可能性もある。

佳人は遥の意見を聞いてみたくてたまらなくなった。遥なら、佳人がうっすらと違和感を覚えたことに、もっとはっきりした説明を付けてくれるのではないか。今まで何度かそんなことがあって、佳人は遥の冷静な思考力と観察眼の鋭さに敬服している。

「ご主人も、三日間休みが取れてよかったですね」

黙ったままでいるのも気まずくなりそうだったので、佳人はなるべく快活に言った。

「そうですね。仕事熱心で実直なだけが取り柄の人だから、これが最初で最後の家族旅行になりそうですけど」

早苗も気を取り直したのか、どこか吹っ切れた感じで明るく返してきた。冗談めかす余裕まで出てきたようだ。

「きっとまた機会がありますよ。うちも相方が纏まった休みをあまり取らないので、二泊三日は久々です」

「お子さんが一緒に来てくれるのも今ぐらいの年頃までかもですよ」

「確かに」

そういう意味では、これが最初で最後になっても不思議はないと佳人にも思われてきて、先ほどの早苗の言葉に合点《がてん》がいった。今は佳人たちと一緒にいたがる冬彦も、来年高校生になったら親とはもう遊ばずに、クラスメートや彼女と行動するようになるかもしれない。そんな未来が容《た》易《やす》く想像できて、早くも寂しくなる。

「なんでもできるうちにやっておいたほうがいいですね。後悔しないですむように」

佳人が言うと、早苗は「ええ」と相槌《あいづち》を打ち、少し間を空けて続けた。

「先のことは本当にわからないものだから」

なんとも実感が籠《こ》もっており、心に重く響く。

百メートルほど先に目的のスーパーマーケットの看板が見えていた。

建物の手前に広い駐車スペースが設けられている。佳人は敷地内に乗り入れた途端《とたん》、大型のキャンピングカーと擦れ違うことになり、そちらに気を取られて会話を中断した。

できるだけ出入り口に近い空きスペースに駐める。

車を降りてからは、今晩の食事の話しかしなかった。

そのことにホッとしているのは、佳人だけではなく早苗も同様のようだった。

＊

ダッチオーブンでのパン焼きを冬彦に任せた遥は、薄暮《はくぼ》に包まれた夏の夕暮れが続いている間に明かりの準備にかかった。

ランタンは遥にとってある種の憧れだった道具の一つだ。小学生ぐらいのとき西欧の小説を読んでいるとしばしば出てきて、当時は現物を見たことがなかったので想像だけが膨《ふく》らんだ。一度それを持って洞窟を探検してみたいと思っていた。佳人にさえこんな話はしたことがない。そもそも昔の記憶は極力掘り起こさないようにしている。いい思い出などほぼないし、一時期は過去を捨てた気になっていたからだ。

冬彦を養子にして、仮にも人の子の親になり――とはいっても、過ぎるほどしっかりしていて精神的にも肉体的にも大人と変わらないほど成長している少年なので、親としての出る幕はあまりなさそうなのだが、子供が家にいるのといないのとでは、思った以上に意識が変わった。

三ヶ月以上前から夏休みに家族でレジャーに出掛ける計画を立て、準備を進めるなど、佳人と二人だったときにはまずなかったことだ。山岡《やまおか》の親が避暑地に所有する別荘を借りたり、設備の整ったリゾートホテルに泊まりに行ったり、といった過ごし方はしても、野営してキャンプをしようなどとは考えもしなかった。

おかげで遥も子供の頃やりたかったことをこの歳になってできている。言い出してくれた佳人に感謝だ。

今回、ほとんどのキャンプ用品はレンタルですませたのだが、ランタンはそんなわけで、せっかくの機会だと思って購入した。

アウトドア用品の専門店に行き、スタッフにどれがいいか聞いて使い方の説明も受け、扱いが比較的楽なガスカートリッジ式のランタンを選んだ。夏のキャンプには虫対策用の集中灯があったほうがいいので、最低三つのランタンが必要と言われたが、さすがに三つも一度に揃えるのは、先々使うかどうか定かでないことを考えると躊躇った。買い足しはいつでもできるので、まず一つ手に入れ、残りの二つは借りることにした。

テント内は火気厳禁なので、電池式の明かりを使う。懐中電灯でもかまわないのだが、明るさが出にくいことを考えると、電池式ランタンのほうがいい。雰囲気も出る。天井部分にあるフックに吊してスイッチを入れれば点《つ》くので、準備も簡単だ。

あとは調理場とダイニングテーブルを据えたタープ内を照らす明かりと、夏仕様の虫を引き寄せる大きな明かりだ。虫を集める明かりはテントやタープからなるべく離した位置に設置する。ランタンスタンドという道具があって、それも借りている。最も明るさが出せるのはガソリン式ランタンなので、それを区画サイトの端に立てたスタンドに吊し、タープのポールにガスカートリッジ式のものを掛ける。この配置がお勧めだと教えてもらった。

遥はダイニングテーブルを作業台にして、マントルと呼ばれる光源の装着と空焼きを行った。家で二度練習して、いずれも成功しているので不安はない。ランタン上部のホヤを外し、ガラス繊維でできているマントルを、ランタンの中央に上下から突き出ているパイプに紐で縛りつける。切れたパイプの間をマントルで繋ぐ形だ。そうしてセットして、マントルに火を点けて燃やすと、ガラス繊維が炎に包まれ、やがて全体が白くなって均一に光りだす。これで完成だ。ホヤを元に戻し、燃料のカートリッジガスを取り付け、つまみを捻って点火すれば明かりが点く。キャンプ場での本番もうまくいった。

作業をしている間、冬彦が興味津々にこちらを見ていたので、遥は冬彦を「来てみろ」と呼び寄せた。ちょうどパンを焼き始めて十五分経ち、冬彦がダッチオーブンの蓋《ふた》を持ち上げて焼け具合を確認したのを目の隅に入れていた。

「いい匂いがしていました」

冬彦はニコニコして遥に報告すると、レンタル品のガソリン式ランタンを、目を輝かせて見つめる。こちらも先ほどと同じようにマントルを結び付けて空焼きしないといけない。

「やってみるか」

「わぁ。いいんですか！　やります」

日頃は大人びた印象が強いが、やりたいと言って喜ぶところは十四歳の子供だなと思う。屈託がなくて可愛い。

冬彦は器用にマントルをパイプに結び、迷いのない手つきで下から火を点ける。

「やったことあったのか」

「初めてです。さっき遥さんがするのを見ていたので、こうするんだなって」

「ほう。物覚えがいいな」

遥が目を細めて言うと、冬彦は、いいえ、と小さく首を振って謙遜した面持ちを見せる。

「結構煙が出ますね」

「最初だけだ。燃え切ったら綺麗な柱状になる」

「中央が凹んできましたよ」

「つまみを捻ってガスを少し出せ。凹んだ部分を膨らませる程度にだ」

「これ、タンクに入っているのはガソリンですよね。緊張します」

「緊張するくらいでちょうどいい」

そうした遣り取りをしながら、マントルを無事セットし終える。

冬彦との共同作業は思った以上に愉快で、今まで経験したことのない感覚を味わえた。やはり子供がいるのといないのとでは違うと実感する。同時に、自分のような愛想もクソもない人間でも、その気になれば親らしい振る舞いができるんだなと思えて、新たな発見をした気分だった。

「あっ、もう五分以上経ってますね！」

腕時計を見た冬彦が声を上げ、慌てて調理台に戻っていく。

幸い焦《こ》げることなくパンが焼き上がったようだ。遥のところまで香ばしい匂いが漂ってきた。

ランタンを三つとも設置し終えてタープに戻るとき、隣はどうしているかと何気なく視線をやると、娘が一人でミニバンの荷室からポリタンクを下ろそうとしていた。

水がいっぱいいっぱいに入っているらしく、かなり重そうだ。父親の栄一はどこかへ行ったようだ。佳人とスーパーマーケットに出掛けた母親もむろんまだ戻っていない。

「手伝おう」

下手をするとポリタンクを落とすなり、転んで怪我をするなりしかねない様子だったので、遥は見かねて大股で近づいた。

「すみません」

一つ十キロはありそうなポリタンクを二つ同時に両手に持って荷室から下ろし、そのまま羽柴家の調理台まで運んでやる。

智子は目を丸くし、慌てて後からついてきて、深々と頭を下げた。

「ありがとうございます」

「べつに。たいしたことじゃない」

元々愛想がない上、仕事以外では喋るのも苦手で、初対面の相手とすぐに打ち解けて親しくなることはまずないのだが、中学生の智子には怖がられないようにしなければという気持ちがあって、遥なりに気を遣っていた。

栄一とは、二人だけではまだほとんど話していない。向こうも遥に負けず劣らず口下手で人見知りする質《たち》らしく、四人で顔合わせした際にも会話は妻に任せきりだった。遥と二人になると、目も合わせようとしなくなり、相手にされていないというか、避けられている気さえする。頑固な職人肌の人物にこういうタイプが多い印象だ。遥も、基本的には、来る者拒まず去る者追わずなので、栄一の態度がどうであれ、さほど気にしてはいなかった。

「お父さんはどうした」

「タバコを吸いに……」

「ああ。そうか。他にも今手伝いが必要なことがあればしてやるが」

「えっと……あの。あとは、大丈夫です」

智子の言葉尻に被さるタイミングで携帯電話の呼び出し音が鳴りだした。

どうやら佳人と買い物中の母親からのようだ。「お母さん？」と電話に出る。

よその区画サイトに用もないのに居続けるわけにもいかず、自分たちのサイトに戻るべく遥は羽柴家のミニバンの後ろを通った。

その際、ハッチ扉が上がったままになっているのを見て、閉めてやったほうがいいだろうかと一瞬思ったが、よけいなお節介だなと考え直した。

荷室を一瞥したが、テントもシュラフもタープもすでに設置済みで、積んだままになっているのはクーラーボックス一つと、奥にある大きめの段ボール箱だけだ。何も問題はなさそうだ、と素通りしかけたが、虫の知らせとでも言うのか、妙にその段ボール箱が気になって、後ろ髪を引かれる心地で足を止めてしまった。

奥に押し込められているところからして、キャンプで使う品が入っているわけではなさそうだが、ではなぜ積みっぱなしなのかと訝《いぶか》しかった。ただでさえ荷物が多くなりがちなキャンプに、必要もないのにあんな嵩張《かさば》る物を持ってくるだろうか。

通話を終えた智子が車に歩み寄ってきた。

「クーラーボックスか」

たぶんこれも下ろすのだろうと察して遥はその場に留まった。

智子が躊躇いがちに頷く。やはりさっきは遥に遠慮して大丈夫だと断ったようだ。

頼まれもしないのにかまいすぎるのもよくないと遥も承知しているので、荷室から地面に下ろすところまで手伝った。

その際、さりげなく「これもか」と、わからなかった振りをして段ボール箱の中を一瞬覗き見た。クーラーボックスを抱え上げるために腰を屈《かが》めていた智子は遥の行動を見なかったはずだ。

智子が顔を上げたときには、すでに遥は段ボール箱から手を離していた。

「それはたぶん、父が積みっぱなしにしている無関係な荷物です」

智子は何の疑いも抱いていないようだ。

「そうか。なら俺はこれでお役御免ということでよさそうだな」

「いろいろとありがとうございました。あっ、さっきの電話、母からだったんですが、今から店を出ると言っていたので、たぶんもうすぐ帰ってくると思います」

「噂をすれば影だ」

公道の先に見慣れたステーションワゴンが現れ、徐々に近づいてくる。

智子ははにかんだ笑みを浮かべ、ぺこりと一礼すると、両手で抱えたクーラーボックスを調理スペースに運んでいく。

遥は智子が離れていったのを確かめ、眉を顰《ひそ》めて段ボール箱を睨《にら》み据えた。

中身は、七輪二台と、封を切っていない練炭の包みだった。

2

「こんばんは」

日没まであと一時間余りになった頃、貴史がやって来た。

普段めったに見られないレジャー用のラフな服装で、紙袋を一つ提げている。椰子《やし》の木と海が夏らしい明るい色合いで描かれたプリントシャツに脹《ふく》ら脛《はぎ》までのパンツ、足元はスニーカーという珍しい格好だ。

「貴史さん！　わぁ。なんか新鮮ですね、その格好」

「浮いてやしないかとドギマギしていますよ。一度家に戻って着替えたんです。昨晩から何を着ていこうかとずっと悩んでいました」

「大丈夫、似合ってますよ」

佳人はお世辞ではなく言った。スーツの貴史のほうが見慣れているので馴染みはあるが、トロピカルな服装も意外としっくりきている。

「これ差し入れです」

「ありがとうございます！」

貴史から受け取った紙袋に入っていたのは、瓶詰めのオリーブやピクルスなどのつまみになりそうなものと、デザートにもってこいのプリンとジュレだ。実用的な上に洒落《しゃれ》ていて、趣味のよさが窺える。

「さすが貴史さん。あるといいなと思うような物ばかりで嬉しいです」

「お隣と一緒にバーベキューすることになったと聞いたので、多めに買ってきました」

「そうそう、急な話でびっくりしたでしょう」

「むしろこういう展開になるほうが佳人さんたちらしくて、今回も目新しいことが起きそうだなと思いましたよ」

貴史に茶目っ気たっぷりに返されて、佳人は苦笑いするしかなかった。

「自分でも毎度何かしら引き寄せてるなと思わないでもないんですが、気がつくとこういう展開になってることが多いんですよね」

「僕も嫌いじゃないですよ。職業柄いろいろな方を知っておきたいですし」

今から行きます、何かいるものありますか、と貴史から電話をもらった際、お隣との経緯を掻い摘《つま》んで話しておいた。着いていきなり知らない一家と引き合わせるのは貴史に悪い気がした。あらかじめ知らせておけば、貴史は初対面の人たちが相手でも尻込みせず、自分から打ち解けようとするタイプなので、引きはしないだろう。思ったとおり貴史は『賑《にぎ》やかなバーベキューパーティーになりそうですね』とにこやかに応じてくれた。

「ちなみに、運転は大丈夫でした？」

「ええ、まぁ、なんとか」

実は今回、佳人たちが貴史をこのオートキャンプ場に誘ったのは、貴史が春頃から車を運転し始めたからだ。それまでずっと移動は電車かバスかタクシーで事足りており、自分で運転する必要性を感じなかったそうだが、心境の変化があったと言う。できるだけ自分の可能性を広げておきたいと考えるようになり、休みのたびに暇を見つけてレンタカーであちこち出掛けていると聞き、それなら夏のレジャーに合流してはどうか、という話になった。最初貴史は、せっかく冬彦のために計画したのに、部外者が交じっては申し訳ないからと遠慮していたのだが、冬彦自身が「人数多いほうが楽しそうです」と言ったので、じゃあ、ということになった。

そこに土鍋を両手に持った遥がやって来て、通りすがりに声を掛けてきた。

「来たか、執行。疲れただろう。おまえは何もしなくていいから座ってろ」

遥は自宅で台所に立つときと同じ黒いエプロン姿だ。鍋の中には吸水させた米が入っている。先ほどまでは、佳人たちがスーパーマーケットで買ってきた鯛を焼き、食欲をそそるいい匂いをさせていた。今からいよいよ炊き込むようだ。

「お邪魔しています。高速道路にもだいぶ慣れたので、思ったより疲れてないんですよ」

「そうか。なら、これからテーブルセッティングをするから、それを手伝ってくれるか。向こうのテーブルと椅子をこっちに運んできて七人座れるようにしてくれ」

「了解です」

「着いて早々に扱き使ってすみません。おれもやるんで、よろしくお願いします」

「はは、気を遣いっこなしですよ。遥さんが作る鯛飯を遠慮なく食べさせてもらうためには、しっかり働かないと。僕は料理はからっきしですから、主に雑用を引き受けます」

貴史は調理スペースの作業台に置かれた焼き目の付いた鯛を見て、期待を隠さない顔をする。

「バーベキューの下拵《したごしら》えは向こうにお任せしているんです」

遥が行ったあと、佳人は隣の羽柴家の区画サイトを見て貴史に言う。

「冬彦くんにもあっちを手伝ってもらっています」

「横にいるのが同学年のお嬢さんですね」

「ええ。学校も住んでいる場所も違いますが、同じ年頃同士、共通の話題があるようでよかったです。智子さん、ちょっと人見知りするっぽいんですけど、冬彦くんとは話しやすいみたいで」

「冬彦くんは面倒見がよくて細やかに気配りができる子だから」

「やっぱり智子さんを気に掛けて、できるだけ一緒にいようとしてくれてるんですかね」

「たぶん。でも、無理をしているとかではなくて、自然にそんなふうに立ち回る性分なんだろうと思いますよ」

「できた子なんですよね、ほんと。遥さんはともかく、おれにはもったいないほど素晴らしい義理の息子で……あ、義理の息子って言い方でいいのかな？　まぁ、そうなんですよ」

佳人はちょっと照れくさくなって一度言い淀んだ。遥とは同性婚しているのも同然の仲だが、それを匂わす発言をするのは相手が気心の知れた貴史であっても面映ゆい。貴史は佳人の言い方に違和感は覚えなかったようだが、躊躇う気持ちはわかると言いたげな目をしていた。

「冬彦くんのほうも、遥さんと佳人さんを自慢に思っていますよ、きっと。お二人を敬愛して慕っているのが伝わってきます」

貴史が冬彦と会うのは今日で三度目だが、四月に初顔合わせしたとき、冬彦の人となりや性質を概《おおむ》ね理解したようだ。冬彦は冬彦で、「物腰は柔らかいけれど、なんだかとても鋭そうで緊張しました。弁護士さんだと聞いて納得です」と貴史のことを言っていた。貴史を見た目どおりの柔和《にゅうわ》なだけの人間ではないと感じたらしく、勘がいいなと佳人はこっそり舌を巻いた。

「それにしても、このタープの形、面白いですね」

貴史がヘキサタープを見上げて言う。

「そうなんですよ。最初に設置したときは普通に三角屋根みたいな形だったんですけどね」

お隣と晩餐《ばんさん》を一緒にすることになったので、佳人たち側のヘキサタープを、遥と栄一が二人がかりでより居住性のある形に張り直したのだ。栄一が持っていたキャンプのマニュアル本に従って、地面にペグで留めていたのを片側だけ外し、ポールを二本増やして頭上に地面と平行に張り、タープの下の空間を広げた。

そうすることで、三角屋根状に張っていたときよりもぐっと開放的になった。テーブルを二つくっつけて置いても窮屈《きゅうくつ》な感じにならずにすみそうだ。

「あ、執行先生」

バーベキュー用の串に、玉ねぎやピーマン、パプリカ、とうもろこしなどの野菜を刺していた冬彦が、テーブルや椅子を運び出しに来た貴史を見て嬉しそうな顔をする。

辺りはすでに暗くなっていて、区画サイトを照らすのは二ヶ所に設置されたランタンの明かりだ。オレンジがかった黄色い光が、薄い紺色をした夏の夜空の下で輝いている。皆の顔の見え方も普段と違って感じられる。

陰影が濃く出た冬彦の顔は普段よりさらに大人っぽく、包容力のある男らしさに満ちていて、佳人はドキッとした。大人と子供の端境期《はざかいき》、もしくは、子供から大人への過渡期《かとき》に立ち会っているのを再認する。これからどんなふうに成長していくのか、想像するだけで楽しい。きっと遥みたいな頼り甲斐のある男になるのではないだろうか。

冬彦につられて、隣で作業している智子も顔を上げた。昼間初めて会ったときよりずっとリラックスした表情になっている。貴史を見てちょっと恥ずかしげにしたが、佳人たち三人とは馴染んできているので、新たに一人増えても先ほどよりは緊張せずにすんでいるようだ。

「冬彦くん、久しぶり。今日はバーベキューを食べさせてもらいに来たよ」

貴史は冬彦に軽口を叩き、続けて智子と顔を合わせて「こんばんは」と挨拶する。智子も小声で「こんばんは」と返してきた。眼鏡の奥の目を照れくさそうに瞬かせる。

「キャビンの中はどんな感じですか」

串を作る手は止めずに冬彦は興味津々といった様子で貴史に聞いてくる。

「ベッドとミニキッチンがあるだけで文字通り山小屋って感じだよ。テラスが結構大きくて、そこにガーデンテーブルと椅子が置いてある。よかったらあとで見に来るといい」

「いいんですか。わぁ。ありがとうございます！　管理棟の左手の区画ですよね」

「そうだよ。ここからそんなに遠くない」

冬彦と貴史が話している間、佳人は自分たちの区画の調理スペースで鯛飯を仕込んでいる遥に目を向けた。

先ほど運んでいった米入りの土鍋に、水と薄口醤油と酒を入れて掻き交ぜ、昆布と軽く焼いた鯛を載せたところまでは、さっき貴史と喋りながら横目で見ていた。今はツーバーナーにかけた鍋の火加減を調節している。

キャンプ場に来てからは別々に行動することが多いが、そんなときでも佳人は常に遥を想い、遠目にでも姿を追ってしまう。それを冬彦にときどき見られていることも承知ずみだ。

ちょっと恥ずかしいが、きみも大人になって誰かを好きになったらこの気持ちわかるよ、と開き直って気づいていない振りをしている。今も、貴史とテンポよく会話しながら冬彦の視線がチラッとこちらに向いたのがわかった。

「佳人さん、これですよね」

テーブルを一人で軽々と持ち上げた貴史に声を掛けられ、佳人はすぐに目の前のことに意識を戻す。

「はい、そうです。一人で大丈夫ですか」

ええ、と頷く貴史のあとを追う形で、佳人はチェアを二脚両腕に持って移動させた。

羽柴夫妻はレンタルしたバーベキューグリルの火入れの担当だ。炭に着火させる方法が興味深かったので、佳人はそちらにもちらちらと注意を向けていた。巻いて小振りの林檎《りんご》くらいの大きさにした新聞紙をグリルに並べ、その上に炭を積み、新聞紙に点火して燃え移らせる。なるほど、と佳人は感心した。炭から煙が立ち始めると、栄一がうちわで風を送りだした。わりとダイナミックに扇ぐ。

「あれくらいしないと、うまく着火してくれないんですよ」

佳人の視線の先を見た貴史が教えてくれる。貴史はサバイバルに関する知識も一通り持っていて、初めて一緒に行動したとき、なんでも知っている人だと感嘆したものだ。思い出して懐かしさが込み上げた。

「バーベキュー、楽しみですね。炭火で焼くとほんと美味しいですから」

サイドテーブルに載せられた大皿には、肉や野菜だけでなく、海老や魚貝類も山のように盛られている。別皿には、昼間遥が焼いたパンや各種チーズ、フルーツなどが用意されていた。

「グリルの準備、できたぞ」

先ほどまでは炎を上げていた炭が、完全に着火して安定したようだ。

「焼き始めようか」

冬彦が智子を誘って羽柴夫妻の許に近づいていく。自分の家族のところへ行くのに、智子のほうが恥ずかしそうにしていて、なんだかおかしかった。冬彦を意識しているせいだろう。

あのくらいの年の頃は自分もあんなふうだったのかな、と佳人は普段はめったに振り返ることのない過去に思いを馳《は》せる。

冬彦はどうなのだろう。やっぱり彼女が欲しい年頃だろうか。

「心配か？」

いつの間にか佳人の傍らに来ていた遥に揶揄《やゆ》混じりの視線を浴びせられ、佳人まで照れくさくなった。親のような気持ちで冬彦たちを見ていたのを遥に感づかれた気がした。

「心配まではしてませんけど」

「俺たちも、こういうのは初めてだな」

遥はすぐに話題を変えたので、佳人はホッとした。

「最後まで怪我なく無事に楽しめたらいいな」

「ええ。それが一番ですね」

佳人はふわりと笑って答えたが、遥の目に何か身構えているような、この場にあまり似つかわしくない緊張が垣間見えた気がして、なんだろうと引っ掛かった。

だがそれも、皆と一緒にバーベキューをして、大人はビールやワイン、子供二人はジュースで乾杯し、盛り上がっていくにつれ、自然と薄れていった。

＊

夏の夜、野外でランタンの明かりの下、各人好きに肉や野菜を焼いて食べ、飲むというスタイルの夕食会は、お祭りムードと開放感があって楽しかった。ここでしか味わえないレジャーの醍《だい》醐味《ごみ》が詰まっている感じがする。

一人一人はそれほど弁が立つわけでもない、どちらかといえばおとなしい性格の者の集まりだったが、これだけ人数がいれば何かしら会話が続き、ぎこちない雰囲気になることもなく、時間が経つのが早かった。

そのバーベキューもぼちぼちお開きになりそうな雰囲気になりつつあった。

二時間あまり燃え続けたグリルの炭火もほぼ消えかけている。

肉も魚も野菜も、遥が仕込んでくれたパンや鯛飯も余さず皆の胃袋に収まった。貴史が差し入れしてくれたピクルスとオリーブも好評だった。

「皆さんもうお腹いっぱいかもですけど、オレンジの寒天ゼリー、よかったらいかがですか」

早苗の言葉に、冬彦と智子が「食べたいです」「私も食べる」と顔を輝かせた。貴史の差し入れのプリンとジュレを皆で分け合ったあとだが、育ち盛りの若者にとっては食べないという選択肢はないようだ。果汁百パーセントのジュースに粉寒天を溶かし、型に入れて粗熱《あらねつ》を取ったあと、クーラーボックスで冷やし固めたものだ。皆で分担して食事会の準備をしているときに早苗が作っていた。

貴史も「ぜひいただきたいです」と爽《さわ》やかに応じる。

「すみません、おれはちょっと食べすぎたみたいで。お腹いっぱいで入らなそうです」

申し訳ないと思いつつ佳人は遠慮した。実のところ、その辺を少し歩き回って腹ごなししたい気分だった。

遥も普段以上に食べており、甘いものは元々そんなにとらないので、角が立たない言い回しで断っていた。栄一はぶっきらぼうに「俺もいらん」と返事をする。いつものことらしく、早苗は「はい、はい、わかっています」と軽く受け流していた。

「コーヒー飲みますか」

代わりに遥は栄一にそう聞いていたが、栄一はそれにも「いや、結構です」と首を振り、立ち上がって自分たちのテントの方へ歩いていった。おそらくタバコを吸うのだろう。栄一は喫煙者で、少し前にもテントの裏で吸っているのを見かけた。

遥はシングルバーナーを使ってパーコレーターでコーヒーを淹れ始めた。

智子と早苗はオレンジゼリーを型から外してプラスチック製の深皿に盛りつけている。

冬彦は貴史の話を熱心に聞いていた。どうやら大学時代に貴史が探偵事務所でアルバイトをしていたときの話をしているようだ。ミステリーや冒険小説好きの冬彦としては貴史の経験談は興味深いだろう。

「遥さん、おれちょっとお手洗いに行ってきます」

手持ちぶさただったこともあって、佳人は遥に一声掛けて区画サイトを離れた。遥は頷き、気をつけてな、と目で言って見送ってくれた。

木々が林立する広大なキャンプ場内は、夏休みとあってほとんどのサイトが埋まっている。

管理棟や炊事場、トイレ、シャワー室などの共同で使用する場所は電灯で明るくされているが、それ以外は各サイトで利用者が点けているランタンが主な光源だ。午後八時になるかならないかというこの時間帯は、まだほとんどのサイトが外で盛り上がっている。林の奥に行きさえしなければ暗いとか怖いといった感じはしなかった。

トイレとシャワー室が三つずつ連なる箱型の建物は、場内に数ヶ所設けられている。その他、管理棟には浴場もあり、こちらは午後九時半まで利用できる。

佳人たちの区画サイトから一番近いのは管理棟内のトイレだが、佳人は食後の運動を兼ねて昼間冬彦と遊んだアスレチック広場の横にあるトイレまで歩くことにした。

どの区画サイトからも、キャンプ場での夜を楽しむ利用客たちの朗らかな話し声や笑い声、ときにふざけて騒ぐ声が聞こえてくる。佳人が歩いている道沿いのサイトは、すべて普通車やミニバンを対象にしたエリアだ。キャンピングカーやトレーラーなどの大型車用のサイトや、貴史が泊まるキャビンの付いたサイトは、別のエリアになる。

アスレチック広場は営業時間外で柵が閉まっているが、併設されている小さな公園は出入り自由のようだ。中から若い男女の騒ぐ声が洩れ聞こえる。公園の奥は森で、昼間は散歩している人の姿をちらほら見かけたが、さすがに夜はさほど人気がない感じだ。ヘッドランプか懐中電灯を用意していなければ立ち入る気にもなれない。

用をすませてトイレを出た佳人は、公園の中に入っていく男性を目にし、その後ろ姿に見覚えがあっておやと思った。背格好といい、少し猫背で歩く姿勢といい、栄一そっくりだ。服装もだいたいあんな感じだった気がする。普通にシャツとズボンの組み合わせで、つい今し方まで一緒にバーベキューをしておきながら正直あまり記憶に残っていないのが我ながら情けない。案外、見ているようで見ていないことを思い知る。

てっきりテントの裏でタバコを吸っているのかと思っていたが、栄一も散歩に出ていたのか。

それ自体は別段おかしなことではなかったが、ちょうどまた若者のワァワァとはしゃぐ声が耳につき、ふと不安になって佳人は栄一を追いかけるようにして公園に足を踏み入れた。

栄一は真面目で固いところがある感じで、傍若無人《ぼうじゃくぶじん》な若者がいれば眉を顰めて一言苦言を呈《てい》するタイプのような気がしなくもない。公園内から響いてくる声はかなり羽目を外している騒がしさで、何かのはずみでトラブルになったら、というよからぬ想像が佳人の頭を掠《かす》めた。それでなくとも、本当に栄一だったとしたら、こんな場所に入っていってどうするつもりなのか不可思議で、いずれにせよ後を追わずにはいられなかった。

公園内は想像していたとおり暗かった。いちおう外灯は点いているが、全体をくまなく照らすほどではない。入り口から少し離れると先へ進むのも憚《はばか》られる暗さだ。

そんな中、栄一だと思われる人物は迷いのない足取りで奥へと歩く。

思い切って声を掛けようかとも思ったが、なかなか距離を縮められず、本人かどうかやっぱり今ひとつ自信が持てなくて躊躇われた。

アスレチック広場との境界に設けられた高い木製の壁がある右手奥にも、外灯が一本立っている。そこに数名の若い男女が屯《たむろ》しており、ノリのいい音楽をスピーカーから流しながら花火をしていた。規則では公共の場所での花火は禁止のはずだ。

男は彼らの方へ向かっていく。

まずいかも、と佳人はにわかに緊張を募らせた。

栄一さん、と声を張り上げかけたとき、真後ろで「おーい、買ってきたぞ!」という陽気な声がした。

ドヤドヤと数名の足音がすぐ背後に迫っており、思わず振り返る。

奥にいる若者たちの仲間らしき男が三人。いずれも体格がよく、並び立たれるとヌッと壁が現れたようだ。

この大学生くらいの若者たちと、自分との間には、明らかなジェネレーションギャップがある。佳人はそう感じ、目が合って、一瞬戸惑った。無視していいのか、挨拶したほうがいいのか、言葉を掛けるとすればなんと言えばいいのか、迷う。

「こんばんはー」

そうこうしていると、中の一人が気易く挨拶してきた。拍子抜けするほど朗らかで、失礼ながら予想外に感じがよくて驚いた。まごついていた佳人よりよほど礼儀正しい。もしかすると佳人のことを実年齢よりずっと下だと思っているのかもしれない。

「散歩ですかぁ」

「あ、ああ、うん。ちょっと」

「ここから先は何もないっすよ。明かりもないし、お兄さん一人で森の中をうろつくのは、やめといたほうがいいんじゃないかなぁ」

「みたいだね」

佳人は素直に聞き入れ、ついでに花火のことを言うだけ言ってみた。

「実を言うと、なにやら騒々しかったから入ってきたんだ。公園内で花火って、管理人さんに見つかったらやばくない？」

奥で今も手持ち花火を燃やして楽しげな声を響かせている若者たちをまず見遣《みや》り、それから追加の買い出しから戻ってきたのであろう目の前の青年が提げ持ったスーパーの袋から覗いている花火セットに視線を移し、やんわり注意する。

「えっ。こんな子供だましの花火でもだめなんすか」

「俺ら筒のやつはやらないっすよ」

確かにそのくらいの気配りはしているようだし、水入りのバケツも用意されていたので、佳人もそれ以上立ち入るのは躊躇った。

「うん。じゃあ、もう少し静かにして、火の後始末は絶対怠《おこた》らないようにしなよ」

「はい。あっちのやつらにも言っときます」

「ありがとうございます！」

これでよかったのかどうか微妙な気持ちで三人が仲間の方に行くのを見送る。

それより栄一らしき男は、と本来の目的を思い出し、後ろ姿が向かった先に視線を移す。

そこは、さっき若者に一人で行かないほうがいいと忠告された森の中の遊歩道への入り口で、道の先は暗闇だ。昼間は森林浴にうってつけだが、夜は大概無鉄砲だと自覚している佳人でも入ろうとは思わない。地図を見ると森の先は山の麓になるようで、暗い中誤《あやま》って遊歩道を外れると迷い込むのではないかという怖さがある。遊歩道の手前に掲げられた立て看板にもその旨注意書きがされていた。

栄一がこの先に向かったとは考えにくい。おそらく佳人が若者たちと話をしている間に公園を出たのだろう。

そもそも、あの人物が本当に栄一だったと確信しているわけではなかったので、佳人はおとなしく公園をあとにした。佳人が立ち去った途端、少しだけ静かにしていた若者たちの話し声が再び大きくなって外にまで響いてきたが、どうせそんなものだろうと予測していたとおりになっただけだ。もう気にしないことにした。

公園の真向かいにもオートサイト数区画が連なったエリアがあり、近くに共同の炊事場が設けられている。柱で支えられた屋根の下に流し台が並んでいて、洗いものなどの作業ができるようにされた場所だ。ちょうど夕飯の後片づけ時で、幾組かの利用者がいた。

家族連れの母子やスタイルのいい女の子同士が、仲良く器を洗ったり、西瓜《すいか》を切り分けたりしている様子をなんとなく見ながら炊事場の傍らを通り過ぎようとしたところ、背後から「佳人」と呼び掛けられる。

「遥さん」

皆と一緒に食後のコーヒーを飲んでいるだろうと思っていた遥が、ここまで迎えにきてくれたらしいことに佳人は軽く驚いた。

「ずいぶん経つのに戻ってこないから、何かあったのかと様子を見に来た」

「あ、すみません……！」

遥によけいな心配をかけていたと知り、佳人は申し訳ない気持ちになる。

「用を足したあと、羽柴さんに似た人があっちに行くのを見かけて……あれっと思って、いちおう声掛けしようかなと後を追いかけたんです」

「隣の亭主は確かに少し前から姿を見ていないな」

「じゃあ、やっぱり公園に入っていったのは羽柴さんだったのかな。声を掛ける前に見失っちゃって、本人だったかどうかはっきりしてないんですけど」

「……なんにせよ、おまえに何かあったわけじゃないのなら、それでいい」

あらためて遥に言われ、佳人はじんわり胸を熱くした。

今日初めて二人きりになれたことにも考えが及び、遅ればせながら心が浮き立つ。

「せっかくだから、ちょっとその辺をぶらつきませんか」

佳人が誘うと、遥は返事の代わりに佳人の背中をポンと押し出すように叩き、木立の方に向かって歩き出す。

木立の中は暗く、夜ここを歩く人はまばらだ。たまに行き交う人たちは皆、手提げランタンや懐中電灯などを持っている。

遥も懐中電灯を用意しており、それで足下を照らしながら、肩を並べ、身を寄せ合うようにして歩いた。

「冬彦くん、キャンプを楽しんでくれているみたいですね」

「そうだな」

遥は短い相槌を打つ。いつもならそれだけですますことが多いのだが、この場は珍しく言葉を足して会話を続けてきた。

「俺は夏休みに家族でレジャーに出掛けるような環境じゃなかったから、おまえが言い出さなければオートキャンプなんか頭に浮かびもしなかった。おまえも、俺と二人のときは思いつかなかったんじゃないのか。冬彦がいるといないのとではやはり違ってくるな」

「違いますね。何かしようとするとき、まず、冬彦くんは何がしたいかな、何をしたら喜んでくれるかなって考えるし」

誰かの親代わり、保護者になることなど、冬彦を引き取ろうと決意するまでは想像もしなかった。遥とこの先二人で生きていく未来については幾度も考えたが、男同士だし、お互い天涯孤独の身の上だから、仕事や住む場所が変わることはあっても、二人きりの生活という基盤はずっと変わらないものだとばかり思っていた。

「冬彦くんはすごくしっかりしていて、むしろおれのほうが教えられたり助けられたりすることが多いくらいだけど、学生のうちはやりたいことをして甘えてほしいですよね。おれとは歳の離れた兄弟って感じですけど、遥さんのことは、頼り甲斐がある大人というか、大きな存在だと思ってる気がしますよ」

冬彦が遥を信頼し、敬愛しながら慕っているのは端から見ていてわかる。佳人にはそれが自分のことのように誇らしく、嬉しい。惚気《のろけ》のようで気恥ずかしいため、誰にも言わず、密かに胸中でにやけているだけだが、冬彦にはなんとなくそんな佳人の気持ちも察されている気がする。何かにつけて聡《さと》く、大人びた気の回し方をする子だという印象があり、精神的にはすでに佳人と変わらないくらい成熟している感がある。

「子供と言っても来年は高校生だからな。俺もどこまで保護者面していられるかわからん。そう遠くない未来には、俺と張り合う存在になっている予感が今からしている。まぁ、それも一興だ」

遥は淡々と言って余裕のあるところを感じさせる。

二人が真っ向から渡り合う場面を想像して、ちょっとゾクゾクした。遥は佳人にとって最高の男だが、冬彦も負けず劣らずいい男になるだろう。そんな二人を間近で見られるのは役得だ。

「冬彦くん、女の子との接し方も爽やかですね。よそよそしすぎず、馴れ馴れしくもなく、距離の取り方が絶妙で、なるほど……と感心しています」

「おまえが今さら参考にする必要があるのか」

冷やかすように突っ込まれ、佳人は苦笑した。遥にそういうつもりはないのかもしれないが、なんだか焼きもちをやかせられたようで、まんざらでもない気分になる。

「気を引くって意味では、もちろん必要ないですよ」

こんなこと言わずもがなでしょう、という気持ちを込め、どさくさに紛れて遥と腕を組む。

遥も振り解こうとせず、このまま真っ直ぐ進めば自分たちの区画サイトの裏手に出るはずのところを、寄り道するように木立の奥へと向かった。

人がいる場所から離れれば離れるほど、辺りの暗さが増す気がする。

一人では絶対に夜中に木立の奥になど行かないが、遥と一緒なら不安はない。少しでも長く二人で歩いていたい気持ちだ。

見渡せる範囲に人気はなく、静寂に包まれている。

土を踏みしめる音、衣擦《きぬず》れの音、互いの息遣い——そうしたものが殊更《ことさら》に意識され、自分たちの周りだけ世界から切り取られたような気がしてくる。

この深閑《しんかん》とした適度な緊張感を孕《はら》んだ特別な雰囲気を、何か喋って台無しにしたくない。

そんな思いが二人の間に暗黙の了解としてあることが肌で感じられた。

サワ、と頭上で葉が風に揺らされた気配がして、空を仰ぐ。

「わ……ぁ」

思わず声が出た。

星いっぱいの夜空が広がっている。自然と足を止めていた。

遥も佳人と一緒に立ち止まり、空を振り仰いで、ほう、と一声洩らす。

葉が生い茂った木々で、ところどころ黒く塗りつぶされた空に、無数の星が散らばっているのが肉眼でくっきりと見える。

綺麗ですね、と言おうとした佳人の口に、柔らかく温かな感触が覆い被さってくる。

脇に下ろしたまま繋いでいた指が、反射的にピクリと動く。

それを遥にギュッと握り締められると同時に唇を啄《ついば》まれ、湿った粘膜を接合させる淫靡《いんび》な感触に官能を刺激される。

佳人からも、遥の手を力を籠めて握り返す。

本当はもっと長くキスしていたかったのだが、暗いとは言えさすがにそこまで傍若無人にはなれず、軽く唇を吸い合っただけで我慢した。

名残《なごり》惜しく思いつつ、ゆっくりと唇を離す。

そうして、何事もなかったかのごとく無言で再び歩き出す。手はずっと繋いだままで、キスをした木立の奥まった場所から、皆がいる明るい方へと引き返すように歩みを進める。

言葉は交わさずとも、お互い気持ちが昂揚しているのが、心持ち軽やかになった足取りから察せられた。

佳人は感情や気分が顔に出やすいと自覚しており、頬が緩みすぎていないか、赤らんでいないか、気になった。

そっと遥を見やると平常どおりの仏頂面で、さっきいきなりキスしてきたとは想像もつかない澄ましぶりだ。唇を引き結び、真っ直ぐ前に視線を向けた遥の端整な横顔に、さすがだと佳人は苦笑を禁じ得ない。

「なんだ」

遥が首を捻って佳人と目を合わせてくる。

「あ、いえ……そろそろ手を離したほうがいいかなぁとか、考えていただけです」

冬彦や貴史たちのいる場所はもうすぐそこだ。

「そうだな」

遥は淡々とした口調で同意しながら、離す前に佳人の手を握った手に今一度力を籠める。

おかげで佳人はさらに気持ちが浮つき、サイトに戻って貴史たちと顔を合わせた際に、平静を保ちきれずに妙にぎくしゃくとしてしまった。

「た、ただいま」

「お帰りなさい。よかった、遥さんと無事会えたんですね」

貴史が笑顔を向けてくる。

「すみません、なんか、心配かけたみたいで」

「いえいえ。ちょっと遅いかなって冬彦くんと言ってたら、遥さんが『見てくる』って立って行かれたんですよ」

貴史は、仲睦まじくてなにより、とでも言いたそうな眼差しをする。

すでにテーブルの上は片づけられており、二家族それぞれの持ち物を元通りに戻している最中だった。貴史も佳人と話しながらテーブルを一つ軽々と抱えており、そのまま羽柴家のサイトに運んでいった。戻ってきたばかりの佳人は、咄嗟《とっさ》に気を利かせられず、片方持ちますと言い出す暇もなく貴史を見送ることになってしまった。

冬彦は冬彦で、羽柴家の椅子を両腕に二脚抱えて向こうに移動中だった。

その先に栄一の姿を認め、佳人は軽く目を見開いた。公園で佳人が見たと思ったのは、やっぱり人違いだったのかもしれない。

「佳人さん」

椅子を置いてきた冬彦が佳人の傍にやって来る。

佳人の顔を見た冬彦は僅かに目を細め、一瞬気まずそうに視線を泳がせた。

それに気づいた佳人は、もしかしてまだ赤らんでいたりするのだろうか、と思い当たり、遥とキスしてきたのを冬彦に見透かされた心地になって、四本揃えた指の背で頬を押さえた。

「な、何かすること残ってるかな？」

あらためて冬彦と目を合わせたとき、佳人は急いで言った。何か喋らないとバツが悪すぎた。

「いえ、もうさっきのでおしまいです」

冬彦はいつもの屈託のなさを取り戻している。遅かったですね、とも、何をしていたんですか、とも聞かれず、佳人はホッとしたような、かえって落ち着かないような、どちらともつかない複雑な気分だった。

「冬彦」

そこに遥が少し離れた場所から声を掛けてきた。

「管理棟の浴場に行かないか」

佳人はこれ幸いと、冬彦に「行ってきなよ」と勧めた。

「おれは二人がすませてきたら、交替で貴史さんと一緒に入りに行く」

「はい。じゃあ遥さんとお先させていただきます」

冬彦はすんなり受け入れ、着替えを持って遥と共に管理棟に向かった。

隣からも、早苗と智子が先に浴場に行き、栄一はテントの中で少し休むような話をしているのが聞こえてきた。

「貴史さん、おれたちはお茶でも飲みながらゆっくりしましょうか」

「ぜひ」

佳人と貴史はタープの下でお茶にすることにした。

＊

アクリル製のティーポットで紅茶を淹れ、うちでいつも使っている茶漉《ちゃこ》しを通してマグカップに注ぐ。

「うん、いい香り。アールグレイですね」

「アイスでもホットでもいいし、ストレートでもミルクを入れてもいいから、気分に合わせて楽しめる茶葉ですよね」

「僕は日頃食生活が豊かじゃないと言うか、朝昼晩適当にすませがちなんですが、佳人さんたちの丁寧な暮らしぶりを見るにつけ、こんなふうにできたら理想的だなと感心しています」

「あ、それは遥さんがそうだってだけで、本来はおれも大雑把《おおざっぱ》で、拘《こだわ》りとかもないほうです」

「でも、今ではすっかり板についているように見えますよ」

「そうですか。嬉しいな。おれ調子に乗りやすいから、顔がにやけてきちゃいます」

「今なら僕しかいませんから、にやけても大丈夫です」

貴史自身ににこにこしながら言って、佳人に揶揄するような視線を注ぐ。

「佳人さんと遥さん、本当にいい関係ですよね」

まるで、さっき木立の中で甘いムードになってキスしたことを見透かされているような眼差しを送られて、佳人はちょっと狼狽《うろた》えた。

「貴史さんたちだって、そうじゃないですか」

頬の火照《ほて》りを意識しつつ、話を貴史たちのほうに振る。

「明日になれば東原さんがここに来るの、待ち遠しくないですか」

「そ、それは、まぁ」

貴史は照れくさいのをごまかすようにカップに口をつける。

「ふふ。おれも楽しみです。キャンプ場で東原さんとご一緒する機会なんて、そうそうなさそうだし」

「僕もこういうのは初めてで、ちょっと緊張しています」

「東原さんはご自分の車で来られるんですか」

「いえ。実は今日僕が運転してきたのは東原さんの車なんです。帰りは自分が運転するから、行きはおまえが乗っていけと言われて。なので、明日は新幹線で最寄り駅に着く時間がわかったら連絡してもらって、僕が迎えにいく手筈になっています」

「ということは、帰りは東原さんが運転する車の助手席に座るわけですね。すごい進歩じゃないですか！　っていうか、おれが知らないだけで、最近はそういうデートもよくしてるんですか」

「佳人さん……！　からかわないでください」

今度は貴史が気恥ずかしげに赤くなる。東原とうまくいっているのがありありと想像できて、ほっこりする。

高原に吹く爽やかな夜風を受けながら、野外で貴史とお茶を飲み、語り合うのは、非日常感があって新鮮だ。気の置けない相手と二人きりになって一息吐けた心地もあり、ホッとする。やはり先ほどまでは少なからず気を張り詰めさせていたようだ。

キャンプ場の持つ開放的な雰囲気に感化され、成り行きから隣の一家と晩餐を共にしたが、いささか大胆だったというか、さすがに佳人たちにしても珍しい展開になったのは否めない。遥と佳人の二人なら、最初に顔を合わせたとき軽く挨拶をしただけで、ろくに話しもせずに終わっただろう。

明日は特に約束していないので、もしかすると羽柴家と交流するのは今夜限りかもしれない。

元々、親しい友人たちと一緒の家族旅行のつもりで来ており、当初の予定通りになるだけだ。そう思う反面、あの一家を見るとなんとはなしに落ち着かない気持ちになるときがあって、まるっきり無関心にもなれない気がする。

自分でもよくわからない心境で、どうしてだろうと考えていると、「佳人さん」と貴史に呼びかけられた。

「キャンプに誘ってくれて、ありがとう」

貴史にあらためて礼を言われ、佳人は「こちらこそ」と微笑む。

「おれたち結構付き合い長くなってきましたけど、一緒にレジャーを楽しむのは、ひょっとして初めてじゃないですか」

「ですかね？　確かに、以前にも一度くらいあったんじゃないかと記憶を手繰《たぐ》っても、すぐには頭に浮かびませんね。家族水入らずのところにお邪魔してよかったのかなと、今もちょっと思ってるんですが」

「おれも遥さんも、たぶん冬彦くんも、貴史さんや東原さんと合流できて喜んでます。遠慮ってことだったら、おれたちもですよ。貴史さんたち、そうそうこんな形で会う機会ないんじゃないですか。立場上、人目を忍ばなきゃいけなかったりするでしょう？」

「そうですね。だから逆に今回佳人さんたちに感謝しないといけないんですよ。グループっぽく集まる中に紛れ込ませてもらうことで実現したようなものです」

なるほど、と佳人は納得した。なんにせよ、お互い益があるなら言うことなしだ。

「佳人さん」

再び貴史があらたまった態度になる。背筋を伸ばして居ずまいを正すのを見て、佳人まで身を引き締めた。大切な話をするつもりなのだと察せられ、一言一句聞き洩らすまいと耳を欹《そばだ》てる。

「私事なんですが、佳人さんにはお知らせしておくべきかと思ったので、言わせてください」

貴史は歯切れのいい口調でさらっと前置きしてから本題に入る。

佳人は、貴史もついに東原と同棲することにしたのかと、そちら方面の話を真っ先に予想したのだが、全然違っていた。

「今年いっぱいで事務所を畳むことにしました」

「あ、ああ、そっち……あ、いや、そうなんですか！」

佳人の反応が正直すぎたのか、貴史は「え？」と小首を傾げ、それから、クスリとおかしそうに含み笑いする。

「ご期待に添えなかったかもですが、こっちの件です」

「いえ、いえ」

佳人は慌てて胸の前でひらひらと手を振った。

よくよく考えてみれば、明日にも東原がここに来るのだから、もしそういう類いの話なら、二人揃って、遥もいるときにするだろう。貴史たちにとって同棲は相当ハードルが高いと承知の上でなお、そうすればいいのにと日頃から思っているものだから、咄嗟にそれが出たようだ。

「その話、おれはおそらくそうなるだろうなと思っていました。十一月の終わり頃でしたっけ、貴史さんと二人で沖縄料理を食べに行ったとき、白石《しらいし》先生から事務所に来ないかと誘われていると聞いたのは。あのとき、結論は急がずにゆっくり考えると貴史さん言ってましたよね。おれもそうするように勧めた覚えがあります。とうとう決意したんですね」

この件はこの件で、佳人もずっと気になっていた。どうなりましたか、と途中で聞くのも貴史に精神的な負担を掛けそうで控えていたため、貴史がどんなふうに考えて意を固めるに至ったのかは想像するしかない。ただ、事務所を畳むことにしたというのはまったく意外ではなかった。

「そうでしたね。あれからもう八ヶ月経ちますね。実を言うと、年度末にはかなり明確に決意していたんです。問題はいつ畳むかで、慎重に時期を見定めているうちに、どんどん時間が過ぎていて。結局、今年いっぱいは続けようということになりました」

「貴史さんのお仕事は、依頼を受けたら数日で完遂するというものでもないでしょうから、どうしてもそんな感じになりますよね。貴史さんの性格からして、立つ鳥跡を濁さず、だと思うし」

「僕もそこを一番考えました」

貴史は佳人の言葉に頷き、気持ちを汲《く》んでくれてありがたいです、と眼差しで伝えてくる。

佳人も口元を緩め、わかりますよ、という気持ちを視線に込めて返した。

「ちなみに、千羽《ちば》さんはどうされることになったんですか」

貴史の事務所を手伝っている千羽敦彦《あつひこ》の身の振り方にも佳人は関心があった。過ぎるほど有能な人物なので、本人にその気があれば、貴史と一緒に白石弘毅《こうき》弁護士事務所に雇ってもらうのは難しくないだろう。貴史も口利きするのはやぶさかでないふうだった。ただし、千羽自身が貴史の世話にはなりたくないと突っぱねる可能性は大いにありそうだ。千羽はとにかくプライドが高く、己に自信があって、他人とあまり馴れ合いたがらず、性格もかなりきつい。海外暮らしが長かったためか自己主張が激しくて、思ったことは歯に衣《きぬ》着せず言葉にする。それがまた辛辣《しんらつ》だ。そういう人物だから、すんなり貴史の提案に首を縦に振るとは考えにくく、果たしてどんな反応をしたのか気になった。

「それが意外なことに、二つ返事で僕と一緒に行くと言ってくれたんですよ」

「えっ、即答だったんですか」

あの傲岸不遜《ごうがんふそん》を絵に描いたような千羽が、そこまで素直で潔《いさぎよ》い態度を見せるとは予想外すぎて佳人は目を丸くした。

はい、と貴史もくすぐったそうな顔をする。どういう風の吹き回しかと訝しみながらも、千羽と共に今後も働けるのが嬉しいようだ。

「僕も思わず、本当に？　と聞き返しそうになりました。迷う素振りもなくさらっと『いいですよ』とだけ。質問の一つもしてこなくて、きっと僕は鳩が豆鉄砲を喰らったような顔をしていたんじゃないかな」

「白石先生は千羽さんをどう見ているんですかね」

「先生にはもちろん事前に千羽さんのことをご相談しました。でもね、なんとなくそんな気はしていたんですが、先生は先生でほとんど何も聞かずに『きみが推薦する人材なら間違いはないだろう』と仰って承知してくださったんです。責任重大で緊張しています」

「まぁ、千羽さんがすこぶる仕事のできる人なのは疑いようもないですし、白石先生も東原さんが一目置いているほどの方ですから、問題はない気がしますよ。さすがの千羽さんも、白石先生には不遜な態度は取らないんじゃないですかね。そもそも、白石先生は千羽さんが少々尖った人でもまったく意に介さないというか、一瞥して黙らせそうな方だと勝手に想像しちゃってます」

「まさに佳人さんが言うとおりですよ。うん、そうですね、僕は何も心配しなくていい気がしてきました」

「貴史さんだって本当は元々それほど心配してなかったでしょ」

佳人は貴史を冷やかすように見て言った。千羽を今最も理解しているのは、おそらく貴史ではないかと佳人は思う。白石もそう判断したからこそ、何も聞かずに一緒に事務所に来いと言ったのだろう。貴史と千羽は仕事上のパートナーとしては案外相性がいいようだ。千羽も、言葉や態度には出さずとも、それを認めているのかもしれない。

貴史はふっと苦笑いして、敵《かな》いませんね、という顔をする。

「新規の仕事を受けるのは九月くらいまでにして、年内ですべて片を付けられるようにするつもりです。阿佐ヶ谷《あさがや》の事務所を借りたのが三年前の十一月でした。いろいろありましたが、我ながらよく潰さずにやってこられたなと思っています」

「その前までは貴史さん、自宅が事務所でしたね。あの頃のこと、おれ、とてもよく覚えています。貴史さんの許に身を寄せさせてもらって、たくさん励ましていただいて。感謝してもし足りないです」

遥と別れるしかないと一時決意しかけたときのことを思い出し、佳人はしんみりとした気分になった。当時は苦しくて心が壊れそうだったが、今は苦い記憶として受け止められるくらいには気持ちの整理ができている。よく乗り越えられたと自分を褒めてやりたいほどだ。

「佳人さん、あの事件は辛かったですよね。それもあって僕の記憶も鮮明です」

貴史は佳人の心境を慮るように優しい目をする。

「しんどかったですね……あのときは。でも、あれがあったから、遥さんとの結びつきがよけい深くなったように思えるので、結果よければすべてよし、です」

佳人が屈託なく、意識して快活な口調で言うと、貴史も「ええ」と頷いた。

「好きですよ、佳人さんのそういう前向きさ。おかげで僕もいつも勇気をもらっています」

「おれのは単なる強がりだったり意地だったりなんですが、貴史さんの場合、ちゃんと目算を立てて突き進む感じですよね。少しは見習わないとと思いつつ、勘や勢いでやってしまう癖が抜けなくて」

「勘、と言えば……なんですが」

ふと貴史が表情を引き締める。

今までとは違う種類の緊張感が漂っている気がして、佳人も僅かに浮かべていた笑みを引っ込めた。

「お隣の、羽柴さんご一家なんですけど……」

貴史が心持ち声を低めて言い出したとき、佳人は不意に昼間スーパーマーケットに出掛けたとき早苗と話していて受けた違和感を甦らせていた。貴史もまた何か感じたのだろうかと、真剣そのものの顔を食い入るように見つめる。

「佳人さんが手洗いに立たれて、それからしばらくして遥さんも迎えに行かれたあと、僕ちょっと手持ちぶさたになったんです。冬彦くんは智子さんとスマホを覗き込みながらソーシャルゲームの話をしていて。それで、その辺をぶらっとしてこようと思って裏の木立の方に歩いて行ってたら、柴田ご夫妻が暗がりで立ち話をしているのを見かけました」

「栄一さん、やっぱりずっとこの辺にいたんですね。おれ、ずっと向こうにあるトイレの先の公園に入っていく人が、背格好が栄一さんに似ている気がしたので、こんな時間に何しに行くんだろうと不審に思って追いかけていったんですよ。それで寄り道していて遅くなったんですけど、人違いだったみたいですね」

「いえ、栄一さんはどこかへ行かれていて、戻ってこられた直後だったようです」

貴史はきっぱりと言う。

では、あれは結局栄一だったということか。佳人は確信を持てないまま呑み込んだ。これまでにも、貴史の観察眼の鋭さ、状況判断の正確さに幾度となく感服させられており、貴史がそう言うのならそうなのだろうと思えた。

「しばらく姿が見えなかったなと、栄一さんのことが気になっていたので、暗がりに早苗さんといるのを見て、あれっと思って、つい足を止めて木陰に隠れて話を聞いてしまったのですが」

佳人に告白しながら貴史はバツが悪そうに俯く。

「実はおれもちょっと引っ掛かるというか、わけもなく嫌な予感がしたことがあったんですよ。昼間、早苗さんと話していて」

えっ、と貴史が顔を上げて佳人と視線を交わす。

佳人は表情を硬くして頷いた。

「貴史さんが聞いたのはどんな会話だったんですか」

羽柴夫妻は辺りを憚るように小声で話していたそうだが、木立の中は人気がなくてシンとしていたため、少し離れた位置にいてもかなり明瞭に聞こえたらしい。あまり長い時間二人揃って席を外していると智子が心配するだろうと慮ってか、重苦しい雰囲気で顔を突き合わせていたものの、時間を気にして焦っている様子だったという。

『今夜はやめておこう』

『そうね。あの子があんなに楽しそうにしているのを見たら、とても……』

『やっぱり誘いに乗るんじゃなかった』

『思い出を作ってあげたかったのよ。でも、私もすぐに後悔したわ』

『仕方がない。俺も断ったら勘繰《かんぐ》られるんじゃないかと思った。後ろめたいことがあると、よけいな心配をしてしまうな』

『……私たち、こうするしかないのよね？』

『ああ。……すまん』

貴史の記憶は鮮明で、二人の遣り取りが今も耳に残っているそうだ。

「これは本当に単なる勘なんですが、とても怖いことが起こりそうな気がするんですよ。僕はお隣のご家庭の事情を何も知りませんが、娘さんに知られないようにこっそり話している内容が只事ではない感じで、ちょっとまずいんじゃないかなと」

「おれが引っ掛かったのも、まさになんとなくです。今、早苗さんが言ったことを思い返していたんですが、羽柴さん一家は早苗さんが結婚して以来、こういうレジャーを家族で楽しむのはかなり珍しいことだそうなんです。で、それを栄一さんは、思い出作りをしよう、と言ったらしくて。その話をしたとき、早苗さん感情が昂ったみたいに声を震わせたんですよね。ちょっと過剰な反応だなと思いました。だからかな。おれの勘繰りすぎかもしれないけど」

「いや。佳人さんの話を聞いて僕はますます不安が膨らんできました」

貴史は厳しい顔つきになる。

「おれたちが揃って違和感を覚えるってことは、やっぱり何かおかしいんですよね、たぶん」

佳人も言葉を選んで慎重に言い、貴史をひたと見た。

「お隣も明後日までここにいる予定なんですよね。今夜はやめると言っていたのでひとまず何事もないことを祈るとして、明日と明後日、注意して様子を窺っているほうがいいかもしれません」

「ええ。そうしましょう」

当然佳人もそうするつもりだったので、すぐに賛成した。

「遥さんにも話したほうがいいでしょうか」

貴史に聞きながら、案外遥も薄々何か感じているかもしれないと佳人は思った。

「そうですね……、いざというとき、遥さんが事態を承知の上で動いてくださるかどうかは大きいと思います。ただ、冬彦くんにはなるべく知られないほうがいいので、話すタイミングには気をつける必要があるかと」

「冬彦くんを巻き込むつもりはありません。遥さんと二人になったとき相談します。明朝、遥さんはいつもどおり早起きしてジョギングするはずなので、おれも一緒に走りに行きます。申し訳ないけど、その間、冬彦くんの相手を貴史さんにお願いしていいですか」

「任せてください」

あらかじめメールで伺いを立てて、今夜は貴史も佳人たちのテントに泊まることになっていたため、貴史の分のシュラフも用意してある。

「僕たちの杞憂《きゆう》ならいいんですけど」

「勘違いだったと、あとで苦笑いしたいです。おれたち穿ちすぎでしたねって」

いろいろ身構えたものの結局肩透かしだった、で終わるならそれに越したことはない。

ちょうど紅茶を飲み終えた頃、管理棟の浴場に行っていた遥と冬彦が、いかにも湯上がりという様相で戻ってきた。見るからに温まった肌と、洗い立てのサラサラの髪が二人共色っぽい。寝《ね》間着《まき》兼用のスウェット上下に着替えた姿も、印象がそっくりで、本当の親子のようだった。

「いい湯だった。おまえも執行と入ってこい」

「気持ちよかったです」

「はい。じゃあ交替ですね」

佳人は先ほどまで貴史としていた深刻な話を頭の隅に追いやり、遥と冬彦に明るく対する。

何も気づかせなかったと思うのだが、遥は佳人の顔を心持ち長めにジッと見据え、傍らの貴史にも一瞥をくれたので、ヒヤッとした。だが、特に何も言わずに、タオルや昼間着ていた衣類などを入れたエコバッグを車の荷室に置きに行く。

「管理棟で入湯料を払うと、脱衣所のロッカーの鍵を渡してくれるんですけど、そこにバスタオルと手拭いが一枚ずつセットされていました。僕たちいちおう持っていきましたが、なくても大丈夫でしたよ」

遥が離れていったあと、冬彦が教えてくれる。

「そっか。至れり尽くせりだね」

「冬彦くん、遥さんと一緒にお風呂に入ったの、もしかして初めてだった?」

貴史に聞かれて、冬彦はちょっと顔を背け、覚束なげに髪を掻き上げた。すぐに元通りに向き直ったが、目に照れたような感情が残っているのが見て取れた。

「ずっと祖父と二人暮らしだったし、銭湯みたいなところにも行ったことなかったので、遥さんくらいの大人の人と一緒は初めてでした」

遥は着痩せして見えるが、脱ぐと付くべきところに筋肉がしっかり付いた立派な体軀《たいく》をしている。佳人には見慣れた体だが、冬彦は想像以上で意外だったかもしれない。

「いろいろ、圧倒されました」

冬彦は、いろいろ、と言うときに佳人をちらりと見て、すぐ目を逸らした。

おかげで佳人まで変な想像をしてしまい、慌てて貴史をせっついた。

「い、行きましょうか」

「行ってらっしゃい」

冬彦に見送られて、貴史と管理棟に向かう。

ぎくしゃくとした足取りになってしまい、貴史に「大丈夫ですか」と含み笑いしながら気遣われた。

「冬彦くんは精神的にはもう大人と大差ないですよね。しっかりしてるし、察しがいいし、言葉の選び方も心得ているというか」

「そうなんですよ」

佳人も苦笑するしかなかった。

「冬彦くんはどちらかといえば佳人さん寄りかと思っていたんですが、むしろ遥さんに近いタイプなんでしょうか」

「おれにはまだなんとも。でも、おれよりしっかりしている気はします。そつがないんですよね。軽率なところがなくて、あまり失敗しない感じ。思いやりもあるし、気遣いもできるし、礼儀正しい。できすぎじゃないかと逆に心配になります」

「でも、たぶんあれが素なんでしょうね。裏表がありそうな感じはしません」

「おれもそう思います。自慢じゃないですが、筋金入りの悪い連中や狡猾《こうかつ》なやつらを山ほど見てきたので、おれや遥さんの目を眩《くら》ますことは難しいんじゃないかと。おれたちも、最初から、子供と侮《あなど》ってはいませんし」

「亡くなったお祖父さんが筋の通った昔気質の人間で、冬彦くんを愛情深くきっちり育てたから、あんなふうに成長したんでしょうね」

「だからこそ、これ以上冬彦くんに打撃を与えるのは避けたいです。親身になりやすい気質みたいなんで、もうすでに智子さんに情を湧かせている気がするんですよね。いわゆる恋愛感情とかじゃないようだけど」

佳人の言葉に貴史は頷き、佳人に揶揄するような眼差しを向けつつも、何も言わなかった。

管理棟の浴場はそれほど大きなものではなかったが、更衣室も風呂場も清潔感があって使い勝手がよく、利用者は多かった。

ロッカーの数分しか一度に入れない仕組みで運営されているため、少し待たされたが、長居はご遠慮ください、譲《ゆず》り合って快適に利用しましょう、と注意書きされており、概ね問題なく回っているようだ。

脱衣所でいざ服を脱ぎ始めたとき、そういえば貴史と裸の付き合いをするのは初めてだ、と遅ればせながら思い当たる。

貴史を見ると、ちょうど同じことを考えていたようで、照れ笑いされた。

「おれたちも、でしたね」

「冬彦くんに聞いたときは頭を掠めもしなかったんですが、僕も佳人さんとは初めてでした」

遥には飽きられるのではないかと思うほど見せてきた裸だが、遥以外の人にはいくら親しくても見せたことがない。恋人と友人の距離感の違いをあらためて感じた。裸体を不躾に見るのは憚られ、目のやり場に気を遣う。貴史も同じ気持ちでいるのが戸惑った表情から汲み取れ、お互い様だとわかってからは気が楽になった。

そうなると、さっきは何をそんなに意識していたんだと己に突っ込みを入れたくなるほど、裸同士でも普通に互いを見て話せるようになり、髪と体を洗ったあとは湯あたりしそうになるまで浴槽に浸かって寛いだ。

「明日は、午前中近くの川に遊びに行こうと言ってるんですけど、貴史さんもよかったら来ませんか。東原さんは午後いらっしゃるんですよね」

「ええ。ぜひ僕も交ぜてください」

「しかし、東原さんは相変わらず忙しそうですね」

「組長の体調が、最近またあまり思わしくないようですよ」

えっ、と佳人は目を瞠《みは》ったが、貴史が感情を抑えてさらっと言ったのは複雑な心境を隠そうとしてかと察せられ、聞き流すことにした。

東日本最大の組織、川口組《かわぐちぐみ》の組長が引退し、跡目を譲ることになれば一大事だ。いや、組長は五、六年前にも大病を患い、引退を考えているという噂が当時も流れたが、気力体力共に持ち直して体制に変化はなかった。今回もまたそうなるかもしれない。しかし、具体的な話は出ていなくとも、浮き足立っている者たちはいるだろう。組内は今、少なからずざわついていそうだ。

そんな大変な最中にもかかわらず、貴史と会う約束を守ろうとする東原の気持ちの深さが佳人にも察せられ、思わず湯の中で拳《こぶし》を握り締めた。もしかすると東原は近い将来大きな勝負所を迎えるかもしれない。貴史のためにも潰れてほしくないと強く思った。

「……今すぐどうこうという切迫した事態にはなっていなそうですが、無理はしないでくださいとお願いしています」

静かな口調で貴史は言い足し、「そろそろ上がりましょうか」と先に立ち上がる。

強くて清々しい、と佳人は感嘆の溜息を洩らし、貴史の後を追って風呂を出た。

管理棟を出る前に、エントランスホールに設置されているウォーターサーバーの水を飲んでいると、女湯へと続く通路から早苗と智子が出てきて驚いた。

遥たちと同じくらいに風呂に入りに行った二人がまだいるとは思わなかった。

「マッサージを予約していたんです」

「ああ、ありましたね、そういうサービスメニュー」

早苗に言われて佳人はなるほどと納得する。

「主人はもう寝ると言って先に休んでしまったので、私たちだけゆっくりしてました」

「たまにはいいですよ」

貴史が早苗に罪悪感を抱かせまいとするかのような気軽さで相槌を打つ。

帰りは四人で星を見ながら区画サイトに戻った。

「おやすみなさい」

お辞儀《じぎ》をして別れかけた早苗に、佳人はすかさず返す。

「また明日」

ハッとしたように早苗は肩を揺らし、もう一度こちらを向いて、今度は先程より深く頭を下げる。そして、智子の手を引いてテントの中に入っていった。

「佳人さん！　貴史さん！」

遥と冬彦も自分たちのテントにいて、冬彦が前室から手招きしてきた。

遥の姿も後ろに見えている。

やがて隣の明かりが消え、佳人たちもシュラフに入って並んで眠りについた。

3

朝起きると、鳥が鳴いていた。

初めてシュラフで寝たが、途中一度も目を覚まさなかった。我ながらびっくりするほど熟睡したらしい。

首を倒して横を見た冬彦《ふゆひこ》は、遥《はるか》と佳人《よしと》が寝ていた場所がすでに片づけられており、反対端で寝た貴史《たかふみ》と二人だけになっていると知って、慌ててシュラフに入ったまま身を起こした。

枕元に置いておいたスマートフォンを手に取ってホーム画面を開くと、六時を少し回ったところだ。夏の朝はとうに明るくなっている頃合いだが、テントの中は薄暗く、夜が明けたことに気づかず寝倒してしまった。佳人たちが先に起きてテントを出ていった気配もまるで察せられなかった。自分で思っていた以上に疲れていたようだ。昨日は朝から目新しいことだらけで、体もよく動かしたし、初対面の女の子と話したり散歩したりもした。知らず知らず気を張り詰めさせていたのだろう。

「おはよう、冬彦くん」

どうやら冬彦が起き上がってごそごそ動いたせいで、貴史も目を覚ましたようだ。

シュラフに入って寝たまま顔だけこちらに向けた貴史に朝の挨拶《あいさつ》をされて、冬彦は狼狽《うろた》えた。

「おはようございます！　ごめんなさい。起こしてしまいましたか」

「いいよ。そろそろ僕も起きなくちゃと思って、もぞもぞしていたところだから」

貴史はシュラフのファスナーを下ろし、Tシャツに七分丈のリネンパンツというカジュアルな姿で出てくると、立ち上がって天井部に吊された電池式ランタンを点《つ》けた。インナーテント内が明るくなる。

冬彦もシュラフから出て、一つ伸びをした。

「遥さんたちはジョギングに行ったよ」

「佳人さんもついていったんですね」

「四十分くらい前だったから、そろそろ戻ってくるんじゃないかな」

貴史の言うとおり、シュラフを畳んでいると、外で遥と佳人が話す声が聞こえてきた。

前室のフラップを開けて表に出る。

今日もいい天気だ。まだ六時過ぎなのに、すでに気温は上がり始めている。高原でさえこれだから、都内は相当暑いだろう。

「おはようございます」

半袖の薄地パーカーを着た佳人が冬彦を振り返り、「おはよう」と明るい笑顔を見せる。細い体が泳ぐようなビッグシルエットのパーカーにテーパードパンツという出《い》で立ちで、一目見るなり若々しくて綺麗《きれい》だと思い、ときめく。

佳人の傍《かたわ》らには当然のように遥がいる。遥はスウェット素材のプルオーバーとジョガーパンツを着ていて、脚の長さとスタイルのよさに溜息が出る。

二人の間に漂う空気感には特別なものがあり、誰も入り込めない強い絆《きずな》で結びついているのを感じる。始終べったりくっついているわけではなく、遥は無口で、佳人に対しても結構無愛想な態度を取るにもかかわらず、ものすごく愛し合っているのが伝わってきて、ちょっとこちらが遠慮しないといけない気持ちになるほどだ。

「顔洗っておいで。朝食の準備をするよ」

「はい」

冬彦は貴史と連れ立って洗面台があるシャワー棟に向かった。

隣の羽柴《はしば》一家も起き出した様子で、テントの前室のフラップを開けて栄一《えいいち》が出てくるのが見えた。あまり晴れやかな気分ではなさそうな顔をしているのが少し気になったが、昨晩一緒にバーベキューをしたときも、めったに笑わず厳《いか》めしそうな感じだったので、あれが素なのかもしれない。

「お隣のご一家は今日は何をするのかな。冬彦くん、智子《ともこ》ちゃんから聞いてる?」

「そういえば聞いてないです。家族皆でのんびりしに来た、って言っていたから、あまり具体的にスケジュールを立てていないのかもしれません」

貴史に返事をしながら、川遊びに誘ってみようかという考えが浮かんだが、智子は本を読んだり絵を描いたりするのが好きなようなので、かえって迷惑になるのではと躊躇《ためら》う。

「そういうのもいいよね」

貴史のその一言に納得して、結局、誘うのはやめることにした。

歯磨きと洗面をすませて戻ると、佳人がサンドイッチを作っていた。昨晩、冬彦もちょっとだけ焼くとき手伝った遥のお手製パンを上下に切り分け、スモークハムやレタス、チーズ、トマト、ツナなどの具材を、いくつか組み合わせて挟んでいる。遥はお湯に溶かして作るカップスープを人数分用意していた。こういうシチュエーションのときは、全部が全部手作りに拘《こだわ》らない臨機応変さが、なんとも遥らしい。

その他、ヨーグルトや缶詰のフルーツも用意しているとのことで、冬彦と貴史も盛りつけや運ぶのを手伝った。十分後には四人でテーブルに着く。

日が高くなってきていたが、空気が清々しく、風が吹き抜けると気持ちがいい。ときどき虫が臑《すね》に止まったり、蟻《あり》がテーブルの上を這っていたりするのにもだいぶ慣れ、いちいち気にせずにいられるようになった。

具が溢《あふ》れんばかりに挟まれたサンドイッチを両手で持って、零《こぼ》さないように気をつけながらかぶりつく。レタスがシャキシャキで、囓《かじ》るたびに食欲をそそる音がする。美味しくて、あっという間に一つ平らげ、二つめに手を伸ばす。育ち盛りのせいか、昨晩もバーベキューを皆よりよけいに食べた気がするのに、朝になったらもうお腹が空いていて、我ながらびっくりするほどだ。

佳人などは日頃からあまり量を食べないので、一つでお腹いっぱいになったらしい。体型は近くても貴史のほうがまだしっかり食べる印象がある。遥は手の込んだものを作るのは好きだが、食べることにはそこまで熱心ではないようだ。忙しいときはコンビニエンスストアのおにぎりですませることがざらにあると聞き、冬彦はそういうものなのかもしれないと納得した。居酒屋をやっていた祖父がまさにそんな感じだったのだ。

「外で食べるごはんってなんとなく特別感がありますね」

「ちょっとままごとみたいな感じがして楽しいです」

佳人は貴史に茶目っ気のある受け答えをする。

「ここで使える道具で工夫して作って、ピクニック用の皿とかナイフ、フォークで食べるのが、普段と全然雰囲気が違って新鮮だなぁと」

「キャンプの醍醐味《だいごみ》ですね」

二人の遣《や》り取《と》りを、遥は口を挟むことなく聞いている。表情一つ変えないので、端から見れば聞いているかどうかすら判然としないだろうが、冬彦にはわかる。冬彦がしばらく遥に視線を注いでいたところ、遥が不意に冬彦を見返してきてまともに目が合い、心臓が跳ね上がった。べつに何も悪いことはしていないし、考えてもいなかったが、疚《やま》しいところを見つけられたような気持ちになってドキリとする。素知らぬ顔をして、にっこり笑ってごまかすといった切り抜け方ができるほど冬彦は立ち回りに長《た》けていないし、そうなりたいとも思わない。取り繕わずに、ちょっと気まずそうに睫毛《まつげ》を揺らす。すると遥もどこか小気味よさげに口元を緩め、そのまま目を逸《そ》らした。

「渓流釣りができるアミューズメントパークがここから車で十五分ほどのところにあって、午前中はそこに行く計画なんですが、よかったら貴史さんもどうですか。お昼はパーク内ですませるつもりです」

「釣った魚を調理してもらえるんですね。ぜひご一緒させてください」

佳人が貴史を誘い、四人で行くことになった。冬彦はもちろんのこと、遥も最初からそのつもりだったに違いなく、予想通りの流れだった。

「お隣はアスレチック広場に行ってみるつもりだそうです。結構楽しめたよね、冬彦くん。おれたち昨日着いて早々遊んだんです」

途中で佳人に話を振られ、冬彦は貴史に頷《うなず》いてみせた。

「遊具が何種類もあって面白かったです」

初日から何かと縁のある羽柴家に、佳人もまったく無関心ではいられないようで、今日の予定についても聞いたらしい。佳人は羽柴家のことを気に掛けている。元々、情が深くて面倒見がいい性格なので、佳人らしいと言えばそのとおりなのだが、冬彦にはなんとなく佳人が何か心配でもしているように思えて、ちょっと気になる。遥や貴史もそこはかとなく羽柴家の様子を窺《うかが》っている感じで、自分だけ知らされていないことでもあるのだろうかと考えてしまう。そうだとすれば、それは冬彦がまだ子供で、関わらせたくないからだと思われ、年齢の壁にまたしても悔しい気持ちにさせられる。守られているのは百も承知で、ありがたいと思う一方、自分だけがカヤの外に置かれるのは寂しいのも本音だ。けれど、遥たちを困らせることだけはしたくないので、冬彦は我を抑えた。もしも何か起きたとき、冬彦にできるかもしれないのは、同い年の智子に寄り添うくらいだ。そのつもりでいることにする。

羽柴家は朝もゆっくりするようで、冬彦たちが朝食の後片づけを終える頃、まだ準備をしていた。早苗《さなえ》と智子はどうやらスパニッシュオムレツを作っているらしい。ひっくり返すのに手間取りながらも、共同作業を楽しんでいるのが見て取れる。栄一は料理はもとより家事全般からっきしだと智子が言っていたが、何もしないで座っているのも気が引けるのか、二人の傍《そば》をうろうろして口だけ出している。早苗が苦笑いしながら「いいから、お父さんは座ってて」と言う声が聞こえてきた。ありがちな光景、ごく普通の仲良し一家という感じだ。べつに問題はなさそうに思える。気にしすぎなのは自分のほうなのかもしれなかった。

アミューズメントパークは九時からの営業で、八時半頃遥の運転でキャンプ場を出た。

標高八百メートルの山林の中にある、渓流釣りをはじめとする様々なアクティビティが楽しめる施設だ。

道の左右に緑の農用地が広がる長閑《のどか》な景色を眺めつつ、山に向かって車を走らせる。

ステアリングを右手だけで操る遥の姿に、これが模範的な運転の仕方ではないと承知していても、かっこいいと憧《あこが》れずにはいられない。「俺の運転を参考にするな」と遥自身言うのだが、将来免許を取ったら、一度はまねしてみるだろう。

クーラーをかけずに窓を全開にすると、涼風が流れ込んできて気持ちがいい。

山道に入ってからは鬱蒼《うっそう》と茂った木々が作る影が増え、標高が上がるにつれ涼しさが増す。

「気持ちいいねぇ」

後ろから佳人の声が聞こえる。

振り返って見なくても、風を受けて靡《なび》く髪を無造作に掻き上げている姿が目に浮かぶ。

「川の傍はもっと涼しいでしょうね」

貴史が言って、前に身を乗り出してくる。

「冬彦くん、渓流釣りはしたことあるの？」

話し掛けられ、冬彦はシートベルトをしたまま体を捻《ひね》ってシートの隙間から顔を覗《のぞ》かせた。

「竿を握ったこともありません」

「貴史さんは、サバイバル得意そうだから、釣りも？」

佳人もシートから背中を起こして話に入ってくる。

「いや、僕も初めてですよ。本を読んで知識はあっても実践を伴わないことが多いので、サバイバル的なことも得意ってわけじゃないです。基本、インドア派だし」

「じゃあ全員初めてかぁ。揃《そろ》いも揃って、って感じですね」

「パークで一番人気のアトラクション、ってことですから、たぶん誰でも釣れるんじゃないですかね」

「自信ないけど僕もがんばります」

三人の話を、遥はカーブした山道を巧みな運転で走りながら聞いていたようで、口元に微《かす》かな笑みを浮かべている。

「そろそろ着くぞ」

前方に橋があり、渡った先に駐車場が見える。もうまもなく開園とあって、すでにたくさんの車が駐まっていた。夏休みはいつもこんな感じらしい。

パーク内には、渓流での魚釣りの他、様々なアトラクションが用意されていて、一日いても退屈しなそうだ。長さと高低差があるゴーカートや、パターゴルフコース、エアードームにトランポリン、ハーブ石鹸作り等々、老若男女誰でも楽しめるようになっている。

川釣りも想像していたより本格的で、ゴツゴツした岩場を流れる澄んだ川に、ヤマメやイワナと思《おぼ》しき魚影が見えた。川の中に段差がある所では、小さな滝がドウドウと流れ落ちており、大岩に打ちつけられる水が白く泡立っている。

いわゆる人工的な釣り堀とは違い、雄大な自然に囲まれた中で、スタッフにアドバイスしてもらいながら四人それぞれ竿を手に岸を歩き、ポイントを見つけ、餌を付けた竿を振るう。

初めてだったが、冬彦にもすぐに当たりが来た。

グイと引かれて竿が弧《こ》を描く。

思わず「わっ」と声が出た。

近くで糸を垂らしていた佳人が「もう掛かった？」と目を丸くする。

少し抵抗されたが、小さな魚だったので引き上げられた。ヤマメだ。

丁寧に針を外して佳人に見せる。

数メートル離れた場所にいた遥と貴史も、やったな、という顔つきで手を振ってくれた。

「楽しい？」

佳人に聞かれ、「はい」と元気よく答えると、佳人が嬉しそうに目を細めた。その笑顔に見とれてしまう。トクンと胸がときめき、甘酸っぱいものが込み上げてきて、それを抑え込むように歯を噛んだ。

釣れそうな場所を探して二度ほど場所を変え、一時間ばかりの間に四人で十数匹釣った。

途中、佳人が濡れた岩場で足を滑らせ、あわや転倒しそうになって冬彦は肝《きも》が冷えたが、咄嗟《とっさ》に体が動かせず、「危ない！」と叫んだだけだった。次の瞬間には腕を伸ばしていたが、それより先に、佳人に背中を向けていた遥が振り返り、腕を掴んで傾いだ佳人の体を引き戻して胸板で受け止めた。あっという間の出来事だった。

「大丈夫か。気をつけろ」

「す、すみません」

遣り取りはそれだけで、すぐに離れたのだが、二人の間に漂う空気感の濃密さにあてられそうだった。やっぱり遥には敵《かな》わない。佳人にとって遥は唯一無二の存在なのだと、こんなとき特に強く感じる。

釣った魚はスタッフに渡して、炭火焼きと唐揚げの二パターンで調理してもらった。

串に刺した鮎《あゆ》やヤマメを囓って食べる。正直、ちょっと苦味というのか、えぐみのようなものが気になったが、さっきまで泳いでいた魚を食べさせてもらっているんだと思うと、残さず食べないと申し訳ない気持ちになり、ありがたくいただいた。これは、祖父がいつも言っていたことだ。もしかすると、それを思い出したから、苦味をよけいに感じたのかもしれない。

「今回利用しているキャンプ場は焚き火禁止ですけど、おれ、焚き火というと貴史さんが以前山の中でやって見せてくれたときの手際のよさを思い出すんですよ」

「ああ、あのときの……。でも、あれ、佳人さんにとってはあまりいい思い出じゃないのかと思っていました」

佳人と貴史が話しているのが耳に入る。

「今となっては、あれも懐かしい記憶です。当時はめちゃくちゃ動揺して、感情的になって、恥ずかしい限りですが」

「ならよかった」

話しながら佳人がちらりと遥を流し見て、遥もピクリと頬肉を引き攣《つ》らせたので、昔何か大変なことがあったらしいと冬彦にも察せられた。二人の間ではすでに過去の出来事として昇華《しょうか》されているようだ。そのうち、話してくれるかもしれない。

「執行はいざとなったらそこいらにあるものだけで魚を捕って調理できそうだな」

「いや、遥さんまで。そんなに器用じゃないですよ、僕」

貴史は苦笑いしながら冬彦に視線を移し、ねぇ、と同意を求めてくる。

「この前、鹿の捌《さば》き方は聞きました」

「ジビエ？　やっぱりすごいじゃないですか」

読んだ本の話をしていてたまたまその話題になったのだが、確かに貴史には、どうしてそんなことまで知っているんですかと驚かされることがたびたびある。

遥も佳人も並でない人たちだが、周囲に集まる人もまた興味深い。午後から合流する東原《ひがしはら》という人物に会うのも楽しみだった。どうやら知る人ぞ知る大物らしい。向こうからすれば中学生の子供など鼻にも引っ掛けないかもしれないが、冬彦のほうは緊張しそうだ。

「おまえ、ここで車の運転してみるか」

魚を食べたあと、遥に言われて、冬彦は一も二もなく頷いた。ゴーカートのことだとピンと来る。自分でも顔がパアッと明るくなっているのがわかった。

「いいなぁ。おれもやりたい」

「ここのゴーカート、コース内の高低差が二十メートルもあるんですよね。坂道とか、ヘアピンカーブとかも多いらしいです。楽しそうですよね」

佳人と貴史も乗りたがる。

実際に昨日から何度も車を運転している遥は「俺はいい。スタート地点で写真を撮ってやる」と言うので、三人で、それぞれ一人乗りのゴーカートに乗ってコースに出た。

風を切りながら起伏《きふく》のあるアスファルト路を走る。

ハンドルが小さく、少し動かすと思った以上にタイヤの向きが変わり、何度かしくじった気持ちになったが、すぐに慣れた。

追い抜きは禁止なので、佳人が乗ったゴーカートをずっと追いかける形でコースを一周する。後ろからは貴史が無難《ぶなん》な運転でついてきていた。

楽しい。

結構長いコースだったが、乗り始めるとあっという間で、遥が待つスタート地点まで戻ってきたら、すぐまたもう一周したくなった。順番待ちの列が先ほどより長くなっていたので諦めたが、佳人も同じ気持ちだったらしい。

「また来ればいいよ」

佳人に言われ、楽しみは先送りすることにする。

傍らにいた貴史のスマートフォンが軽やかな電子音を立てる。メールの着信音だったようだ。

「辰雄《たつお》さんからか」

「はい。一時過ぎに新幹線で駅に着くそうです」

「ちょうどいい。このまま迎えにいこう」

「お願いしていいですか。ありがとうございます」

予定では、貴史がいったんキャンプ場に戻って車を出すことになっていたらしいが、ゴーカートで遊んだ分滞在時間が長くなり、ここから直接駅に行ったほうが時間的にいい塩梅《あんばい》になったようだ。遥は最初からそのつもりで冬彦にゴーカートに乗らないかと言ったのかもしれない。

駅までは、来たときと同様に冬彦が助手席に座った。

貴史が改札に東原を迎えにいっている間に後部座席に移動する。

後部座席の真ん中、端に詰めた佳人の隣に座ったとき、空気が動いてほんのり爽やかな香りがした。制汗シートか何かの香りだと思うのだが、佳人の雰囲気に合っていてドキッとする。

「バタバタだったけど、楽しめた？」

「はい。ヤマメもイワナも釣れたし、ゴーカートもすごく楽しかったです」

「おれも久しぶりに外で遊ぶのに夢中になった。夏休みらしさを満喫している気分だよ」

佳人の顔を見れば、それが大袈裟でもなんでもなく、心からそう思っての言葉だとわかる。

「三泊すればもう一日存分に遊べただろうな」

運転席から遥が口を挟む。

「明日くらいには、東京の家での晩ご飯が恋しくなってるかもですよ」

「そうか」

バックミラーの中で遥と目が合い、冬彦は「はい」と力強く頷いた。

「あ、貴史さんたちが来ましたよ」

佳人の言葉に、視線の先を見遣《みや》ると、貴史が上背のある男性と一緒にこちらに歩み寄ってくるのが目に入る。威風堂々《いふうどうどう》とした佇まいの、遠目にも存在感と迫力のある人物だ。怖そうで近寄り難《がた》い雰囲気がどことなく祖父を思い出させる。

「お待たせしました」

「よう、遥。悪いな、わざわざ」

後部座席に貴史が乗ってきて、助手席には冬彦と初対面の東原が座った。

「おまえが冬彦か」

振り返って真っ向から見据えられる。

ぞわりと背筋を緊張が駆け抜けた。

「はい。……はじめまして」

冬彦がやっとの思いで返すと、東原は眉をひょいと動かし、面白そうに唇の端を上げて笑った。

「よろしくな。俺は東原だ」

さらっと名乗って前を向く。

気がつくと指が震えていたが、嫌な気分ではなかった。途方もない大物と接したときに抱く畏《い》怖《ふ》の念を感じたと言えばいいだろうか。東原の醸《かも》し出す雰囲気に完全に呑まれてしまっていた。

そんな冬彦に対して、他の三人は普段とまるで変わらない。

「あ、遥さん、帰りにちょっとスーパーマーケットに寄ってもらってもいいですか。食材を買い足したいんです」

佳人があっけらかんとした、いつもどおりの態度で遥に頼む。

「ああ」

短く答えて、遥は車を発進させた。

皆にとっては東原の存在は特別なことではないようだった。

*

東原と貴史をキャビン付きサイトの前で降ろす。

仕事を片づけてそのまま新幹線に飛び乗ったという東原は、スーツのインにクルーネックTシャツを合わせたクールビズ姿だ。フルオーダーメードの三つ揃いで隙なく武装したところを見慣れていると、これでもかなり砕けた印象があるが、周囲はもっとラフな格好をしている人が多い。

「着替えたら、そっちに行く」

「はい。じゃあ、また後で」

車内に三人になると、背後でホウッと冬彦が息を洩らすのがわかった。

「緊張した？」

佳人が半ば揶揄《やゆ》する口調で聞く。もう半分は、気持ちはわかると言いたげだった。

「しました」

冬彦は素直に認める。

よけいな意地を張らず、己の気持ちに正直で、引くことを恥とは考えない。客観的かつ冷静に自分を見る。冬彦にはそういうところがあって、自分や佳人にはない強さを遥は常々感じている。

「目が合っただけで体が竦《すく》みました」

「眼光鋭いし迫力あるからね。でも、普通に接すれば大丈夫だよ」

「構えすぎないほうがいいんですよね」

「うん。そうだね」

東原はヤクザの大物だが、その本領を発揮するのは同業者の前か、仕事関係で遣り取りする際だけだ。堅気《かたぎ》の人間に対して無闇に恐怖を与えるようなまねはしない。元々がざっくばらんで、歯に衣着《きぬき》せぬ物言いをする性格らしく、ズケズケと無遠慮な発言をすることはあるが、悪気がないのはわかる。少しでも脅かせば泣き出しかねない相手には、それなりの接し方をするだろう。もっとも、冬彦はそういうタイプではないし、東原も顔を合わせるなり見抜いたはずだ。冬彦と言葉を交わしたあと、小気味よさげに口元に笑みを刷《は》いていた。

自分たちのサイトに戻って、ダイニングテーブルで一息入れる。

羽柴家の様子をちらりと窺《うかが》うと、智子は近くの木陰にシートを敷いて座り、読書をしていた。

冬彦の言うとおり本好きのようだ。

「隣はあの子一人なのか」

「お父さんとお母さん、どこかに行ってるんですかね。僕、ちょっと話してきます」

冬彦には、遥たちが抱いている疑念について感づかせないように振る舞っているつもりだが、勘がいいので、何かあるのではというくらいには違和感を覚えているのかもしれない。遥の言葉に即座に反応して、気さくな足取りで智子に近づいていく。

買い足してきた食材をクーラーボックスに入れていた佳人が、ふと顔を上げて冬彦の背中を見遣り、遥と視線を合わせて表情を心持ち硬くする。遥は黙って首を横に振り、心配はいらないだろうと眼差《まなざ》しで佳人に伝える。佳人は静かに頷いた。

智子のことは冬彦に任せ、遥はスマートフォンで撮った写真をチェックする。

少しして佳人がテーブルに来たので、顔を寄せ合い、それぞれのスマートフォンで写した写真を見ていった。

「あ、これ、いい表情」

「こっちはピントが甘いが、ヤマメは綺麗に撮れてる」

「冬彦くんが最初に釣り上げたやつですね」

中に、スタッフがシャッターを押してくれて、四人で写っている写真もあった。炭火で焼いてもらった串刺しの魚を手にして記念に撮ったものだ。

「考えてみたら、おまえと二人のときは、どこかに行っても写真を撮ったことはなかったな」

「そういえばそうですね」

遥はどちらかといえば写真嫌いで、仕事や社員旅行などの記念撮影等どうしても写らなくてはいけないとき以外は極力カメラの前に立つのを避けてきた。同様に、佳人も旅先で撮るのはもっぱら風景だ。だが、冬彦が一緒となると、写真に対する意識も変わってくる。できるだけ成長の痕跡を残しておいてやりたいと思う。

「前に冬彦くんと二人で東京タワーデートしたときは、冬彦くん、写されるのはあんまり好きじゃなさそうだったんですけど、こうやって皆でワイワイしているときだと自然体で笑っているところを撮らせてくれて、なんか嬉しいです」

「知り合ったばかりだったから照れくさかったんだろう」

「ですかね。これからも卒業とか入学とか誕生日か、撮りたい場面がたくさんありますね」

「そうだな」

そこに冬彦が戻ってきた。

振り返って隣のサイトを見たところ、いつの間にか羽柴夫妻がいて、智子も本を閉じて手に持ち、両親と一緒にいる。

「午前中アスレチック広場で張り切りすぎて、お父さん、ちょっと腰を痛めたんですって。それでテントの中で休んでいて、お母さんが管理棟の売店に湿布薬を買いに行ってる間、表に一人でいたそうです。お母さん、今帰ってきたので、僕は失礼してきました」

早苗が戻るまで冬彦は智子と、アスレチック広場のジップラインの話で盛り上がったらしい。

「あれは爽快だよね」

「気持ちよかったです。智子さんもはまりそうだったって言ってました」

「遥さんも一度やってみたらいいのに」

「俺はいい」

すげなく言って視線を変えた先に、こちらに向かってぶらぶらと歩いてくる東原と貴史の姿があった。

「東原さんたちだ」

佳人も気づいて椅子を立ち、二人に向かって手を振る。

着替えた東原は、ヘンリーネックのTシャツに踝《くるぶし》までのコットンパンツという出で立ちだ。素足にシューズを履き、サングラスとキャップでこなれた感を醸し出している。胸板の厚さや脚の長さがまざまざと見て取れて、いつも以上に男の色香が漂う。貴史の顔が僅《わず》かに上気しているのがまた、よけいな想像を掻き立てる。

「なかなか本格的じゃねぇか」

区画サイトにぐるりと視線を巡らせ、テントやタープの設営具合をとくと見た東原は、佳人が今し方まで座っていた椅子に腰を下ろし、画像ファイルを開いたままだったスマートフォンを覗き込んできた。ほう、と写真を見て目を細める。

「あとで何枚か辰雄さんのスマホに送っておきますよ」

貴史が写っている写真を指して言うと、東原は「ああ、まぁ、そうだな」とどうでもよさそうな返事をする。遥も人のことは言えないが、相変わらずの素直でなさに苦笑を禁じ得ない。

「何か冷たい飲みものでも作りましょうか。ソーダ割りとかできますけど、遥さんと東原さんはハイボールいかがです？」

佳人が気を利かす。

「ああ。悪いな、佳人。もらおうか」

遥もハイボールでいいと頷く。

「僕、手伝います」

冬彦は佳人と共にキッチンスペースへ向かう。

四人がテーブル周りに集まっていた間、貴史は東原が持ってきた手土産を羽柴家に渡しに行っていた。渡すついでに早苗としばらく喋っていたが、そこで何事か話がついたようだ。

「すみません、皆さん。早苗さんと智子さんが山野草を観察しに行くそうなので、僕もご一緒させていただくことにしました」

貴史はそう説明すると、東原に目で侘びるようなしぐさを見せた。

「そうか。おまえ、そういうの詳しいんだったな」

会えたばかりにもかかわらず、東原は四の五の言わずにあっさり理解を示す。母子を二人だけで行かせず付き添おうとする貴史の本心は、遥には察するにあまりあり、その役目を引き受けさせて申し訳ない気持ちだ。果たして東原がどこまで知っているのか、貴史から何か聞いているのか、もしくは持ち前の勘を働かせたのか、そのあたりの事情は定かでないが、東原は貴史が自分より隣の母子を優先することに異論はないようだ。

「貴史さん。……気をつけて」

いくぶん表情を強張《こわば》らせた佳人が貴史に声を掛ける。

「ええ。心配はいらないと思いますが、いちおう」

貴史も真剣な面持ちだった。

帽子を被り、リュックを背負ってハイキングの装備を調えた早苗と智子を連れ、貴史が木立の奥の山林を目指して歩いていくのを見送る。

「相変わらず人のいいやつだ」

東原がフッと息を洩らし、不服そうな様子を見せるわけでもなしに言う。

「なんか、すみませんね。俺か佳人が代わればよかったんですが」

「ああ？　いや、そんな必要はねぇよ」

遥は東原に鋭い一瞥をくれられて、胸の内を曝かれたような心地を味わった。

「……何やら、訳ありみてぇだな」

低い声で東原が言ったところに、冬彦がプラスチック製のタンブラーに作ったハイボール二杯と、オレンジジュース二杯を運んでくる。

「お待たせしました」

遥が一瞬冬彦の耳を憚《はばか》って動揺したのを東原は見逃さず、あっという間に緊張しかけていた二人の間の空気を、「おう」の一声で変えてみせた。

すぐに佳人もナッツ類やポテトチップスなどのスナックを盛った器を手にやって来る。

四人でテーブルを囲んだ。

「東原さん、お忙しいところお付き合いいただいて、ありがとうございます」

あらためて佳人が言うと、東原は冬彦を興味深そうな目で見据え、ニヤリとする。

「なぁに。自慢の息子と引き合わせてもらえる貴重な機会を見過ごす手はねぇだろう」

話の矛先《ほこさき》を向けられた冬彦が、恐縮したように睫毛を揺らす。

「辰雄さん。お手柔らかにお願いしますよ」

「俺にも分別はあるんだぜ、遥。まだジュースしか飲めないお子様に突っかかったりしねぇよ」

東原は揶揄混じりに言って、佳人を一瞥する。

「すみませんね、おれもお子様で。東原さんたちと違って、飲んだらすぐ顔に出ちゃうんです。昼間から赤い顔していたら冬彦くんに嫌われかねない」

慣れたように佳人が返す。

遥にとっては、いつもの遣り取りがまた始まったという感覚だが、冬彦はちょっとヒヤヒヤしている様子で佳人と東原を交互に見る。遥にも問うような眼差しを向けてきたので、問題ないと軽く首を振り、冷えたハイボールに口をつけた。

「黒澤《くろさわ》冬彦、か」

東原が感慨深げに冬彦の名を口にする。

ピクリと冬彦がタンブラーに掛けた指を動かし、東原の顔を窺う。東原も真っ向から冬彦を見据えた。

「いい面構えをしてやがる。将来が楽しみだな、遥、佳人」

「まだ中三ですからね。学び方次第、経験の積み方次第で何にでもなれる」

そのための手助けになれたらと思って冬彦を引き取った。

「勉強は得意なほうか」

東原に尋《たず》ねられた冬彦は、自分のことだが今ひとつ確信が持てていないような顔をして首を傾げる。学年で一、二を争う秀才というほどではないが、全教科まんべんなくできて、おそらく本当の意味で頭がいいのだろうと思う。家庭教師にも塾にも頼らず、授業を真面目に聞いて宿題だけして、この成績だ。夜は十一時には寝ているようだし、中間や期末の定期テスト前も極端に勉強時間を増やしている様子はない。本人も勉強ができるという意識は薄いらしい。

「俺なんか中学の頃は遊び呆けてた記憶しかねぇなぁ。大人の女と付き合ってたから、同級生共がガキっぽく思えて、物足りなかった。おまえさんは聞くまでもなく真面目な優等生っぽいな」

「……普通、だと思います」

冬彦はたじろぎながらも受け答えはする。強烈な個性を放つ東原に少なからず興味を覚えているようだ。東原には人の心を惹きつける圧倒的な魅力があるが、それをまだ中学生の冬彦も感じるらしい。むしろ、この年頃だからこそ、よけい影響を受けやすいのか。

「彼女か彼氏かいるのか」

東原はあっけらかんとそんなことまで冬彦に聞く。

「いません。いたこともないです」

今度は冬彦の返事に迷いがなかった。だんだん東原との会話に馴染《なじ》んできたのか、プライベートな話題を振られても、落ち着いて返す余裕が出てきたようだ。度胸のよさは昔気質の極道幹部だったという祖父譲《ゆず》りなのかもしれない。

「そうか。じゃあまだ本当にこれからだな」

さすがに東原もそれ以上艶めいた話をするのは控えてくれたので、遥はホッとした。向かいに座って東原と冬彦の遣り取りを聞いていた佳人も似たような心境だったようだ。目が合って、二人同時に苦笑した。

「僕、管理棟でお土産品見てきていいですか」

オレンジジュースを飲み終えた冬彦が席を立つ。

「水彩画ふうの絵葉書を売っていたので、部屋に飾りたいんです」

「ああ、あれ額に入れたら素敵なインテリアになりそうだったよね。お金持ってる?」

「大丈夫です。行ってきます」

遠離っていく冬彦の後ろ姿を見送っていると、東原が「気を遣わせたみてぇだな」と言う。

遥もそういうことではないかと察していた。

「冬彦くんは冬彦くんで、自分がいると東原さんに気を回させると思ったんでしょうね」

おそらく佳人の推察通りだろう。

東原が冬彦に話しかけていたのは、一人だけ年齢や立場が大きく違う冬彦に疎外感を味わわせないためだ。たとえどれほど目下であろうと、一緒にいる者を東原は蔑《ないがし》ろにしない。それを冬彦も承知しているから、席を外そうと考えたに違いない。

自分にかまわず大人の話をしてください。せっかく久しぶりに東原さんと会ったんですから。

そんな心遣いが感じられる。

「なかなかどうして、できた息子だな」

口調こそ軽くて冷やかしが籠《こ》もっていたが、東原の目は鋭く、子供ながら見所のあるやつだと小気味よく思っているのが伝わってくる。

「近い将来大化けしそうで楽しみだ。類は友を呼ぶと言うしな」

ほんの少し言葉を交わしてみただけで、東原は冬彦をすっかり気に入ったようだ。東原の人を見る目は確かだ。人でも物でも時代でも、なんであれ先を読むことに関して天賦《てんぷ》の才を持っている。今まで東原の見立てが外れたことはなく、あいつについていけばうまくいく、採《と》るならこっちの策だ、と口にしたとおりになったのを、何度となく見てきた。その東原が太鼓判を押すのだから、冬彦はいずれ遥も敵わないほど大成するかもしれない。育てた子に抜かれるのは悔しい反面誇らしくもある。

すでに飲み終えていたハイボールを、今度は遥がキッチンに立って東原と自分の分それぞれ二杯目を作り、テーブルに戻る。その間、東原は佳人と海釣りの話をしていたようだ。

「やりたくなったらいつでも船を出してやるから、声を掛けろ」

佳人は「はい」と前向きな返事をしていたが、遥は内心、俺はパスだと決め込み、あえて話に加わらなかった。船は酔うので苦手なのだ。酔い止めまで飲んで付き合う気はしない。

「組のほうは少しは落ち着いたんですか」

せっかく冬彦が気を利かせてくれたので、遥は東原の状況を聞いた。

「いや、当分ゴタゴタしそうな感じだな」

「いつ事態が動くかわからないってことですか」

「ああ。だが、まぁ、俺らの世界は平時から多かれ少なかれそんなもんだ」

本当は東京を離れてのんびり寛いでいる場合ではないのかもしれない。キャンプの話が出たのは春で、その頃はまだ組長の健康問題はここまで大事になっていなかった。そのとき貴史とした約束を律儀に守るあたり、東原も変われば変わるものだと思わずにはいられない。昔なら平気ですっぽかして、貴史をがっかりさせていただろう。逆に、信頼関係ができている今だから、東原は仕事を優先させて貴史に甘えてもよかった気がするが、そうしないところが東原らしいと言えばらしかった。

「よけいなお節介なのは承知ですが、くれぐれも命は大事にしてください。貴史さんのためにも」

佳人が真面目な顔をして東原に釘を刺す。

「チッ。生意気言いやがる。俺を誰だと思ってる。相変わらず恐れ知らずだな、佳人」

東原に凄まれても佳人は怯《ひる》まず、真剣な眼差しを向けたままだ。

遥も佳人と同じ気持ちだったので、東原と目が合ったとき、真摯《しんし》に見つめ返した。

「卑怯《ひきょう》だぞ、おまえたち」

二人がかりで来られたら東原もお手上げだと言わんばかりに渋い顔をする。

「心配してくれることに礼は言う。貴史ともあとでゆっくり話すつもりだ。あっちも事務所を畳む準備や何やらでこれから忙しくなりそうなんで、その前に皆で会えてよかったと思っているだろう。そういう意味でもおまえさんたちには感謝してる」

「執行《しぎょう》、例の話を受けたんですか」

そんな話が持ち上がって、貴史が慎重に考え続けていたことは遥も知っていたが、結論を出したというのは初耳だった。

「ああ。決意したようだ」

「今の個人事務所は年内いっぱいで、年明けから白石《しらいし》先生のところに行くそうです。おれも昨晩、貴史さんから聞きました」

佳人が横から補足する。

「そうか。決めたんですね。門外漢の俺でも白石弘毅《こうき》弁護士の名は知っているんで、一国一城の主を辞めてでもついていきたいと思ったのなら、飛び込んでみてよかったんじゃないですか。陰ながら応援しますよ」

「俺も同じことをあいつに言った。おまえさんたちもそういう気持ちでいてくれるなら、心強いだろうよ」

「パラリーガルの千羽《ちば》さんも一緒に移るそうなので、白石先生の事務所、一気に戦力増強になるんじゃないですかね」

そうした話をしていると、山野草観察に出掛けた早苗と智子、貴史の三人が帰ってきた。

予想外に早く戻ってきたのは、智子が石だらけの山道で足を滑らせ、転倒して腕に怪我をしたためらしい。

見る限り擦過傷だけで骨に異常はないようだ。

智子を椅子に座らせ、傷口を水でよく洗い流し、佳人が車から取ってきたファーストエイドキットにあった救急絆創膏《ばんそうこう》で、早苗が応急処置をする。

テントで休んでいた栄一は、このちょっとした騒ぎを聞きつけて表に出てきた。事態を把握するまで、「どうした。何があった」と険しい声を上げて落ち着きをなくしていたが、貴史が冷静に説明すると、納得して鎮《しず》まった。

そちらに気を取られていた間に、管理棟に行っていた冬彦も戻ってきた。

最初冬彦も何事かと驚いていたが、そこまで深刻なことが起きたわけではないとわかると、ホッとしたようだ。手当てがすんだ智子に近づき、「大丈夫だった？」と労《いたわ》る。智子ははにかみながら「うん」と答えていた。冬彦に気遣われて嬉しかったようだ。

その後、佳人は貴史と冬彦と立ち話を始め、羽柴家は家族三人でダイニングテーブルに集まり、ガイドブックを捲りだした。

こちらのテーブルに残ったのは遥と東原の二人だけになる。

「俺たちはもう少し飲むか」

「そうですね」

三杯目のハイボールは東原が作ると言うので、任せることにした。

そよと吹く風に前髪を揺らされる。

遥は手櫛《てぐし》で大雑把に髪を掻き上げ、目の隅で貴史たちと一緒にいる佳人の姿を捉え、知らず知らず口元を綻《ほころ》ばせていた。

＊

二日目の夕食は、佳人たち三人と、東原、貴史の五人だった。

昨晩は隣の一家と一緒に総勢七人でバーベキューをして、これぞキャンプというワイワイした雰囲気を味わった。それはそれでもちろん楽しかったが、貴史はやはり馴染み深いメンバーと気兼ねなく過ごすほうが性に合っているかもしれない。

食卓を華やがせたメインの料理は、佳人が中心となり貴史と冬彦が手伝う形で作ったターキーの丸焼きだ。ターキーの腹の中に米と野菜とにんにくを詰め、ダッチオーブンで焼く。隙間を埋めた野菜も美味しく仕上がり、文句の付け所のない出来だと三人で喜び合った。簡単なのに見た目はゴージャスで、テーブルの真ん中に置いただけで特別感がある。それを遥が巧みなナイフ捌きで切り分けてくれて、最高に盛り上がった。

「僕はほんのちょっと切ったり洗ったりしただけですけど、料理って楽しいですね」

「家で作るときは角皿にクッキングシートを敷いて、そこに同じようにターキーと野菜を載せてオーブンで焼けばいいんですよ」

佳人と話していると、東原がいつもどおりの尊大さで、本気なのか冗談なのかわからないことを言い出した。

「俺が食べに行ってやるから、作りたくなったら遠慮なく呼べ。こいつは一人じゃ持て余すだろう。べつに何の祝いの日でなくてもいいぜ。シャンパン抱えて邪魔してやる」

本音は嬉しくて、ぜひそんな機会があればいいと思ったものの、人前で東原と親密な様子を見せるのはどうにも気恥ずかしく、あえて不粋《ぶすい》な答え方をしてしまう。

「招待したいのはやまやまですが、あいにくうちには電子レンジしかないので難しいです」

「日本橋《にほんばし》の部屋には確かあるはずだ。選ぶのが面倒だったんで、最新のハイエンド家電を入れておけと指示したからな」

「そ、それは……そうですが」

傍らで佳人が、仲いいですねぇと言わんばかりにニヤニヤしている。目が合って、貴史は気まずさにじわりと頬を熱くした。

向かいに座った遥と冬彦は、叙述トリックがどうしたの、ラストのどんでん返しが秀逸だのと、珍しく多弁に遣り取りしている。こちらは貴史たちの会話に注意を払っている様子はない。行儀よくナイフとフォークを使ってターキーを食べ、冬彦はソーダ水を、遥はワインを飲んでいる。

「親子と言ってももちろんいいんですけど、どっちかと言えば、独身のかっこいい叔父と、利発な甥って感じじゃありません？」

貴史の視線の先にいる二人について、佳人が嬉しげに耳打ちしてくる。冬彦のことも遥のことも好きで、自慢に思っているのが伝わってきて微笑ましい。特に遥に関しては、好きすぎて臆面《おくめん》もなく持ち上げるので、確かにそのとおりだけどと聞いている貴史のほうが照れてしまう。佳人の可愛さは何歳になっても変わらなそうだ。

「遥さんみたいな人が自分の父親だったら、ファザコンになりかねないですね。冬彦くんはたぶん大丈夫だと思いますけど。自分をしっかり持っているみたいだから」

「おれはそれ、想像もつかないです。遥さんがおれの父親じゃなくてよかった」

「佳人さんにとってはあくまでも恋人なんですね」

気持ちはわかると思い、貴史は傍らにいる東原をそっと横目で見た。

「貴史」

こちらを一瞥もしなかったにもかかわらず、東原は貴史が自分に視線を伸ばしたことに気づいていた。東原の目をごまかそうなどと考えるのはいかに無駄なことか、毎度思い知らされる。

「腹ごなしにちょっとその辺をぶらっとしないか」

誘いながらすでに椅子を引いて立ち上がっており、最初から有無を言わさず従わせる気だったのが明らかだ。どのみち貴史に断るつもりは毛頭《もうとう》なく、返事をする手間が省けた。

「行ってらっしゃい」

ごゆっくり、と佳人に送り出され、有機菜園や芝生広場の方に歩みを進める東原について行く。

夕飯時で、通りすがりの区画サイトのほとんどは、グループごとに賑《にぎ》わっている。場内に数ヶ所設けてある炊事場も、ほぼ流し台が埋まった状態だ。貴史たち同様に食後の散歩をしている人たちともたまに擦れ違う。

有機菜園、芝生広場、ドッグランが柵で仕切られて併設されたエリア付近には、ぶらぶらしている人の姿は見当たらない。午後八時になると営業時間外となって中に立ち入れなくなるため、今の時間帯は金網のフェンス越しに芝生や畑が広がる暗い場所が見えるだけだ。

有機菜園の向かいにキャビン付きのサイトが集まったエリアがあり、貴史たちのキャビンも目と鼻の先だったが、東原はそちらには足を向けず、フェンスに沿って芝生広場からドッグランの方に歩く。べつに目的があるわけではなく、道なりに進んでいるだけのようだ。

「昨日は悪かったな」

一歩先を歩いていた東原が唐突にそう言って、足を止めた。

貴史が横に行くと、それを待っていたかのごとく再び歩き出す。先ほどまでとは違って、貴史の歩幅に合わせてくれており、肩を並べて歩きながら話したいのだとわかる。

「謝らなくていいですよ。今大変なのは承知していますから」

むしろ貴史は、東原が忙しい合間を縫って来てくれたことに感謝しているくらいだ。無理していないだろうかと心配こそすれ、侘びなど必要なかった。

「万一あなたが跡目を継ぐことになったら、今よりさらに僕も腹を括《くく》らなくちゃいけないなと、落ち着かない気持ちでいるのは確かですけど」

「先のことはわからねぇが、少なくとも今すぐ代替わりって話にはならなそうだ」

貴史は東原の言葉に疑問を差し挟まず、東原がそう言うのなら、きっとそうなるだろうと、すんなり受け止めた。

「三日後に手術することになった。そこそこ難しい手術みてぇだが、執刀医はその道の第一人者だ。親父はまれにみる強運の持ち主だし、きっと成功するだろう。それに、どういう風の吹き回しか知らんが、宗親《むねちか》も見舞いに行って励ましたようだしな」

宗親の名を出したとき東原は心持ち皮肉っぽい口調になったが、前ほど敵対していないことは穏やかな表情から察せられた。何年か前に起きた一件は、双方合意の下に遺恨を残すことなく幕引きしており、そのとき築いた関係性はいまだに崩れていないらしい。表立って手を組みはしないが、利害が一致すれば協力態勢を敷く——そういう関係なのだろう。

「親父の手術が成功すれば、組内の派閥争いもいったん鎮まる。組長の目が黒いうちは川口組《かわぐちぐみ》は盤石《ばんじゃく》だ。正直、俺じゃあ、ああはいかない。所詮《しょせん》は外様《とざま》の若造だからな。いっそ宗親が今からでも親父の下で修業を積んだほうがよほど皆納得するかもしれん」

東原は淡々と己に厳しい評価を下す。悔しそうでもなければ、権力や地位に固執する気もなさそうだ。ヤクザに高潔も何もあったものではないだろうが、ただ腕っ節が強くて頭が切れるだけではなく、そうしたところがあるからこそ、年嵩の大幹部たちから引き立てられ、下の者からも絶大な信頼と敬意、憧憬《しょうけい》を寄せられているに違いない。

「でも、宗親さんはいちおう堅気なんですよね。本人もヤクザになる気はないんでしょう？」

「どうなんだろうな。あいつはしたたかで剛胆な男だ。頭もいい。親父譲りでこれ以上ないほどこの稼業に適性がある。今まではその気がなかったから組と距離を置いていたようだが、気まぐれな男だからいつどう転ぶか予測がつかん。ジョーカーだ」

「ジョーカーというのは、まさにという感じです」

貴史は瓜実顔《うりざねがお》をした白皙の優男を脳裡《のうり》に浮かべ、どんな強面《こわもて》のヤクザよりヤクザらしいと感じたことを思い出し、背中をゾワリとさせた。

「宗親のことはさておき、もうしばらくは、おまえと会う時間をあんまり取れなそうだ」

「今日来てくれたじゃないですか。今こうして二人でいられるのも、あなたが散歩に誘ってくれたからでしょう。十分ですよ、これで」

「貴史」

東原が立ち止まったので、貴史も踏み出しかけた足を止め、傍らを振り仰ぐ。

すると、いきなり近づけられてきた顔で視界を塞がれ、えっ、と思った次の瞬間、柔らかく湿った感触を唇に受けていた。

少し荒っぽく、情動に任せたように口を吸われ、貴史は不意打ちに遭《あ》った心地で目を瞠《みは》る。

驚きに声を立てる隙も与えられず、重ねた唇を強く押しつけ、まさぐられる。

熱の籠もったキスに、たちまち頭の芯が痺れたようになり、自然と目を瞑《つむ》っていた。

いくらこの辺りは人気が少ないとはいえ、誰にいつ見られるかわからない状況で、相変わらずの傍若無人《ぼうじゃくぶじん》さ、大胆さだ。こんなところでと焦り、押しのけたい気持ちと、もっとキスしてほしい、抱き締められたい気持ちとが貴史の中で鬩《せめ》ぎ合う。

結局貴史は腕を動かすこともできず、東原とのキスに酔い痴《し》れ、唇を離されたときには名残惜しい気分になった。さすがに舌は入れてこなかったが、理性的でいてくれてよかったと思う一方残念な気もしていて、本当はどんなふうにされたかったのか己の欲望を認めるのが怖くもある。

東原は何食わぬ顔をしてさっさと歩き出す。

ああ、もう、この人は、と貴史は苦笑し、濡れた唇を手の甲で押さえて、速歩で追いついた。

「今ここで聞くのは無粋《ぶすい》だとわかっちゃいるが、隣の一家、何かあるのか？」

横に並ぶなり、さっきまでとはまるで違う話を振られ、貴史はギクリと身を強張らせた。

隣家のことを東原に隠す必要はないのだが、もしものとき厄介事に巻き込んで煩《わずら》わせるのは本意ではなく、貴史から話題にするつもりはなかった。とはいえ、察しのいい東原が貴史たちの態度を見て何も気づかないわけがない。聞かれた以上、ごまかしは利かないことを貴史は承知していた。

「昼間、おまえがわざわざ山野草を見に行く母子についていったのも、遥や佳人がちらちらと向こうの様子を気にしているのも、違和感ありまくりだ」

「あなたなら当然気がつきますよね」

実は、と貴史は東原に自分たちが抱いている疑念を打ち明けた。今朝、佳人が遥とジョギングに出た際に遥から聞いた事柄も含め、これから起きるかもしれない不穏な事態を三人で警戒していることを話す。

家業の業績が思わしくなさそうなこと、要介護だった夫の母親を見送ったばかり、夫も妻もずっと働きどおしで生きてきて、このキャンプが最初で最後のような言い方をしていたこと、今夜はやめておこうという意味深な会話。極めつけは遥が見た練炭の段ボールだ。

「なるほどな」

一通り話を聞いた東原は納得したように相槌《あいづち》を打ち、「確かによくねぇ臭いがするな」と表情を硬くする。

東原にそう言われると、いよいよ不穏な予感が強くなる。

「とは言っても、僕たちにできることは限られています。ここにいる間だけでも注意して見ていましょうって三人で決めたんです」

実際、練炭を何に使うつもりなのか確かめたわけではないので、貴史たちが穿《うが》ちすぎなだけという可能性もある。取り越し苦労に終わるなら、それに越したことはない。あのとき自分たちが心配りしていたら最悪の事態は防げたかもしれない、と後悔するのが嫌なのだ。佳人も遥も同じ意見だった。

「隣のやつら、夕方から家族揃って車を出していたが、どこかへ飯《めし》でも食いに行ったのか」

「今夜は地元のレストランでフランス料理のコースだそうです。昨晩寝る前に家族で話して決めたらしくて、運よく希望のレストランの予約が取れたと早苗さんが言っていました」

「テントや何やらはそのままだから、戻らないつもりじゃねぇみてぇだな」

「レストランに行ったのは間違いないと思います。智子ちゃんも本格的なフレンチは初めてだと嬉しそうにしていて、早苗さんの態度にもおかしなところは見受けられなかったので」

気をつけないといけないのは今夜、佳人たちが寝付いてからだと貴史は目《もく》している。

「練炭を使ってどうこうできそうな場所が、この周辺にあるのか?」

「この先の山の奥に入っていけば……たぶん」

「本気なら、場所の目星はすでに付けているんだろうな」

「それを考えると恐ろしいです。明日の朝を無事迎えられたらと祈る気持ちになります」

貴史たちも佳人たちも明日朝食を終えたらチェックアウトする。羽柴一家と関わるのはそれまでだ。ここを出たら、おそらく二度と会うことはないだろう。こうして心配し、気を揉むのはそれまでのことになる。だからこそ縁があるうちは後悔のないように最善を尽くしたかった。

「事情はわかった。そういうことなら俺もそれとなく注意しておこう。後味の悪い思いをするのは御免《ごめん》だからな」

どうせ乗りかかった船だと言われ、東原まで巻き込んで申し訳ないと思いつつ、貴史は頼もしい味方を増やせた心地になった。

甘やかな雰囲気から一転して暗鬱《あんうつ》とした話になったが、キスの余韻は続いていて、歩調を合わせて逍遙《しょうよう》するだけで幸せな気分だ。東原の隣を歩けることが嬉しかった。体のどこも触れていなくても心が通じ合っているのが肌で感じられる。

築山のてっぺんから、人工芝のレーンが二本地面に向かって伸ばされた、草スキー用の滑り台の下まで来たとき、東原の携帯電話に着信があった。

明るく光る待受画面を見た東原は、貴史に目で悪いな、と断りを入れてから、立ち止まって電話に出た。

「芝垣《しばがき》か。どうした」

かけてきたのは東雲会《しののめかい》の若頭、芝垣のようだ。

「……ああ。……ああ……そうか」

東原は短い相槌を打ちながらもっぱら話を聞くだけで、自分からはほとんど喋らない。

貴史にはどういう用件で芝垣が電話してきたのか知る由《よし》もなかったが、東原の表情の硬さから深刻な事が起きたようだと察せられた。

「わかった。またすぐ連絡する」

三分あまりで通話を終えた東原に、今こんなふうに芝垣があえて電話をかけてくるとすれば、それ以外にはないだろうと貴史は推察して聞いてみた。

「ひょっとして、組長さんの容態が急変したんですか」

「とりあえず今は投薬で落ち着いているそうだが、予定を早めて明朝手術することになった」

東原は隠さず答え、眉間の皺《しわ》を深くする。

「貴史、」

「行ってください」

貴史は東原の言葉を遮るように先回りし、きっぱりと言う。

「僕に遠慮はいりません。僕はさっきお話しした事情もあってここを動けませんが、あなたは東京に戻って組長の傍にいるべきだ」

東原にひたと見据えられ、貴史も見つめ返した。

「あなたにとっては、親父なんでしょう?」

「ああ」

東原は短く区切って答える。

「そうだ」

その一言一言に深い思いが籠もっているのが感じられ、貴史は東原の気持ちを汲《く》み取った。それで十分だった。

話を続けながら足早に佳人たちの許へ戻る。

「この時間なら新幹線まだ動いていますね。駅まで送りましょうか。それとも、車に乗っていきますか。さっきは珍しく飲んでなかったですよね。僕はどうとでもできますから、大丈夫ですよ」

「そうだな、虫が知らせたみてぇだ。……車にしよう。時間的には倍以上かかるが、ここから駅までと着いてからの移動手段を考えると俺には新幹線は手間だ」

佳人たち三人はまだテーブルに着いていた。一家団欒《だんらん》を楽しむ雰囲気で和《なご》やかに喋っている。メイン料理のターキーは粗方片づき、食後のコーヒーを遥が淹《い》れているところだった。

「何かありましたか」

東原と貴史の顔を見た途端《とたん》、遥は眉根を寄せ、開口一番に聞いてきた。表情や動きに普段と違ったところがあって、即座にその質問が頭を過《よぎ》ったようだ。貴史は、さすが鋭いと感嘆したが、東原はそんなことはわかりきっている、言い出す手間が省けてよかった、と言わんばかりの慣れた態度で話を進める。

「親父の容態が急変した。俺は今から東京に戻る」

「それは、大変ですね」

遥だけでなく、佳人と冬彦も緊張した面持ちになる。

「執行も一緒に？」

「いや、こいつは残る。悪いが、明日チェックアウトしたら一緒に乗せていってやってくれ」

「もちろん、そうします」

「頼んだぜ」

東原は遥だけでなく、佳人や冬彦ともしっかり目を合わせる。冬彦は東原が自分にまできっちりと礼を尽くすとは思っていなかったようで、戸惑いを露《あらわ》にしながら頬を赤くしていた。

「ちょっと東原さんを見送ってきます」

「この埋め合わせはまたの機会にな」

遥たちに手短に事情を説明し、東原と共に自分たちのキャビン付きサイトに戻る。

東原がスーツに着替えている間、貴史は東原の手荷物をボストンバッグに詰め、車のトランクに載せておいた。

鍵を手に車の傍で待っていると、来たとき同様のクールビズ姿になった東原がキャビンのドアを開けて出てきて、貴史の腰に腕を回して引き寄せた。

唇に軽くキスされる。弾力のある唇を押しつけられただけですぐ離されたが、感謝と侘びと、またすぐ連絡するという約束が言外に感じ取れ、満ち足りた気持ちになった。

「気をつけて帰ってください。スピードの出しすぎはだめですよ」

「ああ、わかってる。ったく、自分でも運転するようになった途端口うるさくなりやがって」

「そういうものみたいですよ」

貴史がしゃらっと返すと、東原はまんざらでもなさそうに口角を上げてニヤリとした。

スーツのポケットに手を入れ、四センチ角ほどの黒い板状の機器を差し出してくる。

「こいつを貸しといてやる」

「GPS発信機、ですか」

なぜこんなものを持っているのかなどと聞くのは野暮《やぼ》というものだ。

「助かります」

貴史はありがたく受け取った。

「何事もないことを願っているが、万一のときはかなりの精度で場所を特定可能だ。車体の下にでもこっそり貼り付けておけ。取説はこれだ。URLを読み取って、IDとパスワードを打ち込めばログインできる」

言うだけ言うと、東原は車に乗り込んだ。

貴史は東原がゆっくりとキャンプ場内の公道に車を出すのを見守った。

全体的に暗い中、ちょうど脇に公道を照らす街灯があり、走り去る前に東原が貴史を振り返ったのが見えた。咄嗟に手を振る。

東原の車がゲートに向かって遠離っていくのを、貴史はその場に立ったまま見送った。

せっかく前々から計画していたレジャーだが、東原の特殊な立場と、組の現状を鑑《かんが》みれば、こうなることもかなりの確率で折り込みずみだった。そういう男を恋人に選んだのだ。残念ではあるが後悔はしていない。

今夜東原と飲むつもりだったワインを手に、佳人たちの許に戻る。

貴史がいなかった間に隣の家族が帰ってきており、それに関してはホッとした。佳人も同じ気持ちになっていたようで、目で頷き合う。

「これ、よかったら飲みませんか」

「いいんですか」

貴史が差し出したワインを見て、佳人は自分のことのように残念そうな顔をする。

「僕一人で開ける気にはならないので、ぜひ」

「佳人、グラスを持ってこい。プラスチックだが脚付きのやつがあるんで、気分は出る。冬彦は葡萄ジュースでどうだ」

「はい。僕はそれで」

すでにダイニングテーブルの上は片づけられていた。

あらためて四人で囲み、ワインとジュースで乾杯する。

「キャンプ場での最後の夜ですよ」

「準備と計画に費《つい》やした時間は長かったけど、あっという間でしたね。本当に、誘っていただいてありがとうございました」

貴史は冬彦にも笑いかける。

「冬彦くんともたくさん話せて楽しかった。家族旅行にお邪魔してごめんね」

「邪魔だなんて……！　僕のほうこそ執行先生とご一緒できて嬉しかったです」

「また次の計画を立てればいい。受験が終わってからになるかもしれんが」

遥がチクリと釘を刺すように言うと、冬彦はちょっとバツが悪そうに首を竦めた。

「あっ、そうでした。すっかり忘れてましたけど、僕はこれから冬までそっちを優先しないといけないんでした」

「きっと大丈夫だよ。きみは余裕で第一志望の高校に受かりそうだ」

貴史は冬彦の理知的で、思慮深そうな瞳を見据えて言う。冬彦自身も必ず合格する心積もりでいるのが、そこはかとなく自信に満ちた眼差しから感じられた。

ランタンの明かりの下、二晩めの夜も和やかに更けていく。

このまま何事もなく朝を迎えられますようにと、祈る気持ちだった。

＊

「佳人」

体を揺すられ、押し殺したような低い声で呼び掛けられて、佳人はハッと目を覚ました。

「……はるか、さん？」

前の晩はシュラフの中に入って寝たが、やはり夏場は暑かったので、今夜は布団のように体に掛けて寝ていた。まだ頭がぼうっとしていたが、只事ではない予感に胸騒ぎがして、急き立てられる心地で起き上がる。

昨晩と同じく、冬彦、佳人、遥、貴史という並びでインナーテントに寝たはずだが、暗さに慣れてきた目で確認できたのは、シュラフを被った冬彦と思しき小山の影だけだ。

貴史さんは……？　と佳人が聞くより先に、遥が前室に向けて顎《あご》をしゃくる。貴史はすでに表に出ているようだ。

遥が外を指し、先に行くとジェスチャーで伝えてきたのを受けて、佳人は頷いた。インナーテント内で喋ると冬彦まで起こしてしまうのではないかと慮ってのことだ。

遥が極力音を立てないように注意して行ったあと、佳人は寝間着代わりにしていた短パンを脱ぎ、枕元に畳んで置いていたコットンパンツに穿《は》き替えた。高原の夜は冷えるので、タンクトップの上にパーカーを着る。

冬彦は物音に気づいた様子もなく、静かな寝息を立てて眠っている。

佳人は手と足をついて這う形で移動し、前室でスニーカーを履いて外に出た。出て、すぐ異常に気がついた。

隣家の区画サイトがもぬけのからだ。テントもタープも車も、何もかも消えている。

佳人は慌てて区画と区画の境付近に立っている貴史と遥に歩み寄った。

「えっ、これ、いつの間に？」

「十五分ほど前、引き揚げたようです」

貴史はスマートフォンを手にしており、画面をスクロールしながら真剣な顔つきで地図を見ていた。東原が預けていってくれたという例の発信器が出す信号を追跡している。一家に内緒で勝手なまねをするのはちょっと躊躇《ためら》われたが、実際にこうなってみると、備えておいてよかったと思わずにはいられない。この事態は明らかに尋常ではなかった。

貴史の手元を覗き込んでいた遥は、佳人が傍に来ると胸の前で組んでいた腕を解き、佳人に視線を向けてきた。遥もまた気難しげな顔をしている。

腕に嵌めた時計をペンライトで照らして見ると、午前二時過ぎだった。

このときになって佳人は、ここで迎えた最初の夜が、いわゆる新月だったことに気がついた。だから昨晩遥と散歩したとき、等級の低い星まで綺麗に見えたのだ。今晩も月はその姿の大半を隠している。切り取った爪の先のような細い上弦の月だ。

月明かりのない夜を選び、人目につきにくくする——そんな考えもあってこの日取りを選んだのではないかとまで思えてきて、いよいよ落ち着かない気持ちになった。

夜の早いキャンプ場は、午後十時が消灯時間と決められており、今の時間帯は静寂に包まれている。どのテントも真っ暗で、起きている人がいる気配はない。外で声を潜《ひそ》めて喋るのも憚られるほどだ。

「周囲が完全に寝静まるのを待ったんでしょうね。僕もすっかり熟睡してしまっていたらしく、気づくのが遅れました。エンジン音が聞こえた気がして目が覚めたんですが、慌てて外に出てみると、もうこの状態でした」

そこから遥を起こし、遥が佳人を起こしている間、ＧＰＳで送られてくる位置情報をチェックしていたようだ。

「とりあえず追いかけよう」

「お願いします」

佳人は持って出てきた車の鍵を遥に預け、貴史に助手席に座ってもらった。発信機が示す場所を地図で見て、車をどこに走らせるか指示してもらわなければいけないからだ。

「冬彦くんは大丈夫かな。朝まで寝ててくれたらいいんだけど」

「起きて誰もいなかったらびっくりするだろうが、まずおまえの携帯に連絡してきて、状況を確かめるはずだ。事態を把握したら、あいつはきっと次の連絡を待っておとなしくしている。心配はいらない」

遥は迷いのない口調で言い、車を静かに発進させた。

キャンプ場のゲートは、滞在期間中有効な駐車券を挿《さ》すことで、チェックイン手続きをすませた利用客であれば二十四時間出入りはできる。

「やっぱり、かなり綿密に調べて計画していた気がしますね」

佳人の発言に貴史も同意した。

「車の走らせ方にも迷いが感じられないです。場所の目星も付けていたんだと思います」

遥は黙って運転に専念する素振りを見せていたが、佳人と貴史の話を聞いているのは雰囲気でわかった。

「智子ちゃんはどうなっているのか心配ですね」

「ええ。僕たちが三人揃って異変に気づかなかったということは、目立った騒ぎは起きなかったんだと考えていいと思います。おそらく智子ちゃんは睡眠薬か何か飲まされて、眠ったまま車に乗せられたんじゃないでしょうか」

せめて娘は巻き込まずにすむ方策はなかったのかと歯痒い気持ちになる一方、佳人自身も体験した、残された者の思いが胸に甦《よみがえ》り、軽々しくは考えられなくなる。

あのときは確かに、なぜ一緒に連れていってくれなかったのかと、佳人は両親を恨んだりもした。今でこそ逆に、生かしておいてくれてありがとうと感謝しているが、その心境になるまでには相当な時間を要したのだ。死んでいるのと変わらない感覚で仕方なく生きているだけだったのが、十年目にして見ず知らずの少女と関わり、彼女を助ける代わりに死んでもかまわない気持ちになった。今にして思えば、自殺しようとしたのと同じだったのだ。そんな佳人を救ってくれたのが遥だ。遥と出会ったことで、佳人はようやく生きる意味を見つけた。心の底から生きたいと思った。

一人残される辛さも、生きていてよかったと思える幸せも、佳人は身をもって知っている。

佳人はもちろん、遥にせよ、東原や貴史にしても、羽柴家に対して個人的にできることは限られていて、一家が抱える経済的な問題に対してはほとんど無力だ。なんとか間に合って一家を助けたとしても、むしろ、なぜ放っておいてくれなかったのかと恨まれるのが関の山かもしれない。

我ながらお節介だとは承知している。けれど、おかしいと感じ、不穏な事態になりそうだと気づいた段階で、佳人たちは知らん顔できなくなった。遥も貴史も佳人も、そして東原も、そういう性分なのだ。

そんな自分たちが、たまたま隣のサイトにいたことを運命だと考え、心中《しんじゅう》は諦めてほしい。

いや、絶対に諦めてもらう。

生きてさえいれば、どうにかなることもあるし、人生は何が起きるかわからないので、自ら下りるのはもったいない。まだ中学生の智子は特にそうだ。夢も希望もたくさんあるだろうに、親の都合で心中に付き合わされる謂われはない。理不尽だ。佳人は膝の上に置いた手で拳《こぶし》を作り、ギュッと握り締めた。

車は山道を登っており、カーブが続いていた。

暗くて、木々が鬱蒼《うっそう》と生い茂っているためよく見えないが、左側のガードレールの下には川が流れているようだ。

「もう少し行くと脇道が現れます。地図でも細く描かれているので狭いと思いますが、車が通れるのは間違いないです。栄一さんは十数メートル下の川原で車を停めています。川原に行くにはその道しかありません」

「運転は任せろ。それより、停まってからどのくらいになる?」

「二十分ほどです」

ここから川原まで遥のドライビングテクニックで走ったとしても、真っ暗な脇道を下っていくとなると、そうそうスピードを出して時間を短縮できるとは思えない。車輪が脱落するなどのアクシデントを招きでもしたら、それこそ大事だ。助けに行くどころか、こっちが助けを待たねばならないことになりかねない。

「練炭を使った自殺を考えているとすれば、あとどのくらい余裕があると思うか？」

遥は焦りを抑え込んだ声で聞く。

「三十分から一時間……でしょうか」

こんなとき貴史は驚くほど冷静だ。ただ心配して気を揉むだけの佳人とは違い、理性的で、なんでもよく知っていて、判断を誤《あやま》らず、頼り甲斐がある。普段の貴史からは想像もつかない肝《きも》の据わり方をしている。

「一般的に車内で練炭自殺をするときは、出入りする一ヶ所を除いて、ガムテープなどで目張りをして隙間を塞ぎ、外で七輪に火をつけて練炭を不完全燃焼状態にします。それを抱えて車内に入り、最後の一ヶ所を塞いで密室化させ……という感じだと思うんですが、七輪は二つあったということなので、二つとも使うかどうかで違ってきますね」

「いくらここが標高の高い高原で、夜間は特に気温が下がるとは言え、二つも車内で焚いたら暑くてたまらないんじゃないか」

「練炭自殺を夏場に考えるのは珍しい気はしますが、それだけ切羽《せっぱ》詰まっていて、他に家族皆で一緒に、という方法を考えつけなかったんですかね……。いずれにしても、まだきっと間に合います。慎重に進みましょう。あ、そこです。その細い道を行ってください」

舗装も何もされていないガタガタの狭い道を、遥は悪路にも慣れたステアリング捌きで運転する。ヘッドライトを常にハイビームにして道路の先を照らしても、緑が深くて樹木に視界を邪魔されがちで、とてもではないが佳人の感覚ではスピードなど出せない。しかも結構な傾斜で下っている。

「こ、これって、車幅ギリギリですか、ひょっとして」

天井付近に取り付けられているアシストグリップを摑んで、揺れても頭や肩をぶつけないようにしながら、佳人は、自分なら怖くてこんな場所で運転するのは無理だと思いつつ、遥に聞く。

「いや。左右に四十センチずつは余裕がある」

遥はさして緊張した様子もなく答え、サイドウインドーを少し下げた。

「水音が近くなった気がするな。そろそろか」

「あっ！　今、川原が見えました。発信機の信号もこのすぐ近くから出ているようです」

助手席側の窓からヘッドライトが照らしだす範囲を見ていた貴史が声を上げる。

佳人も目を凝《こ》らし、川面と思しき黒い帯状のものが横たわっているのを視認する。両サイドは岩や石が転がった地帯だ。そこが川原に違いない。

遥が車を川原に乗り入れる。

「発信機によると車はここから西方に数百メートル行った地点で停まっているようですが、この辺りは道も何もない場所なので、ＧＰＳ機能の誤差を考えると正確かどうかはわかりません」

「とりあえず、そっちに行ってみよう」

速度を落として川原を車で走る。

夜明けはまだ遠い。

暗い中、車の影を見逃さないよう、目を凝らす。紺色の車は闇に溶けて見つけにくい。頼りはヘッドライトの明かりだけだ。

最初に川原に下りた場所は上流に近かったらしく、大きめの石や岩が多かったが、下流に向かうに従い土や砂の割合が増えてきた。

五分ほど徐行運転で移動した辺りで、助手席の貴史がシートベルトをしたまま前方に身を乗り出した。

ほぼ同時に佳人も川べりに停まっている一台の車を見つけていた。

「紺色のミニバン、ですよね、あれ」

「あれです、羽柴さんの車！　間違いない」

周囲に人影はない。三人とも車内にいるようだ。

車の隙間という隙間を塞ぐようにガムテープが貼られている。異様な光景だった。ゾワッと鳥肌が立つ。

遥がミニバンに寄って車を停める。

シートベルトを外しながら、首を捻って運転席側のドアポケットを覗く遥に、佳人はハッとして後部座席から腕を伸ばし、センターコンソールボックスを開けた。

「こっちに置いてます」

緊急脱出用ハンマーを手に、遥が車を降りる。

貴史と佳人も後を追って走った。

窓ガラス越しに車内を覗くと、運転席で栄一がステアリングの上に突っ伏し、助手席で早苗が運転席側に倒れ込むようにしてぐったりしているのが見えた。後部座席には智子が寝かされている。こちらも意識がないようだ。

一瞬、遅かったかと絶望的な気分に襲われたが、栄一の体がピクリと動いた気がして、全身の血が滾《たぎ》る心地がした。

まだ間に合う――！

「佳人、救急車だ！」

「はいっ」

答えると同時に佳人の手はすでにスマートフォンを摑んでおり、震えそうになる指に苛立《いらだ》ちながら一、一、九、とタップした。

佳人が消防に通報している間、遥と貴史はがむしゃらにドアの開閉を妨《さまた》げている目張りのガムテープを剝《は》がしていた。

通話を終えた佳人も加わる。

一時もぐずぐずしていられないと切迫した心境だった。

爪が割れるのもかまわず、泣きそうな気持ちで粘着力の強いテープを必死で剝がす。

なんとなく目張りは内側からするイメージがあったが、狭い車内で内側から貼るのは困難だろうし、発見されたとき不用意にドアを開けようとする人を危険から守る意図もあってのことかもしれない。そんなことまで考えてしまい、本当に涙が出てきた。

「よし、もういい。どいていろ！」

遥が佳人の肩を摑んで車から遠ざけるように押しのける。

「遥さん、ガラスを割るとき、一酸化炭素を吸わないようにしてください！」

反対側から貴史が声を張り上げる。

「ああ。気をつける」

ハンマーを振り上げた遥は、後部座席のサイドウインドーの窓枠に近い隅を狙い、ハンマーを垂直に打ちつけた。

ガラスにヒビが入る。だが、一撃では強化ガラスは割れない。

二度、三度と同じ場所を叩き、徐々に大きくなっていたひび割れが、四度目の打撃で砕けた。

ウインドーが破れた瞬間、遥は鼻を手で塞ぎ、素早くロックを外してドアを開けた。

「遥さんっ！」

佳人は叫び、貴史と一緒に再び車に突進する。

「佳人さん、車内の空気は絶対に吸わないで！」

貴史が佳人にも重ねて注意する。

「はいっ」

佳人は息を止め、助手席のドアを開け放つ。

車内の空気が流れ出て、外の空気と入れ替わる。車内に充満していた一酸化炭素の濃度が薄まり、浄化されていくようだ。

後部座席から智子を横抱きにして降ろし、離れた地面に横たえた遥が駆け足で戻ってくる。

早苗もそれなりに重かったが、貴史と協力してどうにかシートから引きずり下ろしたところだった。それを一瞥して、そちらは大丈夫だと見て取った遥は、運転席に回る。

貴史が即座に遥を手伝いに行き、佳人は早苗の両脇に腕を入れ、引きずるようにして智子の傍まで連れていく。

遥と貴史が二人がかりで栄一を運んでくる。

先に呼んだ救急車はまだか、と焦りが込み上げる。

場所が場所だけに到着まで少し時間を要しそうだったが、三人でやれることはやった。救急隊員が来るまでこの場で待つことしかできない。

「一酸化酸素中毒は物理的な症状なので、新鮮な空気を吸わせるだけです」

「脳神経に影響が出ていなければいいんだが」

「練炭は一つでした。濃度は緩やかに増していっていたようなので、そこも含めて間に合ったと思いたいですね」

「三人とも睡眠薬を飲んだみたいですけど、苦しくなかったんですかね……」

息苦しさに目が覚めたら、その後は……などと考えると、想像しただけで恐怖が湧く。

思わずブルッと身震いして、自分で自分を抱くように腕を巻きつけた。

遥が傍に来て、そんな佳人を抱き寄せる。

逞《たくま》しい胸板に身を寄せ、佳人は縋《すが》りついた。

貴史が気を利かせるように川の方へ歩いていく。

遠慮させて申し訳ないと思いつつ、遥が与えてくれる温もりから離れられず、震えが止まるまでそのままでいさせてもらった。

「起こさないで冬彦と一緒に残らせたほうがよかったな。すまん」

「そうじゃないです」

佳人は驚いて顔を上げ、遥を見て首を横に振る。

「そんなことされたら、目が覚めたとき、愕然《がくぜん》とするところでしたよ」

複雑そうな表情をしたままの遥に、きっぱりと言う。

「及ばずながら、ここは三人じゃなかったら、羽柴さんご一家を助け出すのにもっと時間がかかっていたと思いませんか。おれも少しは役に立ったでしょう?」

「ああ。それはもちろんそうだ」

遥と言葉を交わすうちに佳人は落ち着きを取り戻していた。

貴史にも謝ろうと思って視線を動かすと、貴史は車体の下に貼り付けておいた発信機を回収しているところだった。

遠くからサイレンの音が聞こえてくる。救急車がやっと来たようだ。

遥が佳人を抱く力を緩め、体を離す。

貴史もこちらに戻ってきた。

やがて川原を救急車が走ってくるのが見え、佳人は自分たちはもうここまででいいのだと思って安堵《あんど》した。

4

一家心中を図った親子三人を救急隊員に預けたあと、消防署から連絡を受けた警察が事件性の有無を確認するためにやってきて、第一発見者となった佳人たちは、それぞれ知っていることを話させられた。

現場の様子から自殺を図ったのは明らかで、キャンプ場で知り合い、なんとなく不吉な予感がして一家の行動を気に掛けていたという経緯を最終的には納得してもらえ、夜明け前には揃って解放された。

その際、病院に搬送された栄一たちは三人とも命に別状はなかったと聞き、ひとまず胸を撫で下ろした。発見と救出が早かったので、おそらく脳障害も起こしていないだろうとのことだ。今後ＭＲＩ検査を経て正式な診断が出るまでは、完全に安心はできないが、希望は持てそうだ。

冬彦には、三人が救急搬送されたあと、スマートフォンにメッセージを送っておいた。佳人たちが戻るまで眠ってくれていたなら、起きたときに直接事情を話せばいいが、その前に目覚めてしまっていたら、誰もいなくなっていることにさぞかしびっくりするだろう。

周囲が白み始めた頃、キャンプ場に帰り着いた。

やはり冬彦はその前から起きていたようで、エンジンの音を聞きつけてテントから出てきた。

「お帰りなさいっ」

「ただいま。メッセージ読んだ？」

「読みました。僕、夜中にフッと目が覚めたんです。見たら誰もいなくて、えっ、と驚いたんですけど、時間見ようとスマホを開いたら、佳人さんからメッセージが来ていて。それで事情がわかりました。あの……智子さんたち、大丈夫なんですか」

一人置いていかれたのを不満に思ったり怒ったりしている様子はなく、三人が無事戻ってきたことに安堵し、羽柴一家がどうなったのか聞きたがる。メッセージを打つとき、佳人は言葉を選び、お隣に緊急事態が起きたので遥と貴史と三人で出掛けている、と説明するにとどめていた。だが、冬彦は自分なりに推察し、真実に近づいているようだ。ちょくちょく智子と喋っていたので、智子から聞いた話の中に何か気づくことがあったのかもしれない。

「大丈夫だよ。しばらく入院することになりそうだけど、きっと元気になると思う。……もし、きみが智子さんと会って話したいなら、落ち着いた頃にお見舞いに行ったらどうかな。おれ、喜んで運転手になるから」

「そう……ですね。佳人さんさえよければ、ぜひ」

冬彦は少し躊躇う素振りを見せたが、迷いを捨ててからは口調に揺らぎを感じさせなかった。

佳人が冬彦と話している間に、貴史は自分のキャビンに引き揚げていた。

「一時間ほど休んで朝食のときまたこっちに来るそうだ」

「おれたちも少し寝たほうがいいですかね」

「ああ」

隣家の動きが気になって落ち着けなかった状態から解放されて、人心地ついたら、眠気が差してきた。遥も同様のようだ。

「僕も寝直します」

冬彦も佳人たちについてきてテントに入り、出しっぱなしだったシュラフを体に掛けて、並んで寝た。

「結局三人で寝るのはこれが初めてだね」

東原が二晩とも貴史と泊まれず、このテントに四人で寝ていたため、三人になる機会がないままだった。最初にそうしたらどうかと言い出した遥はもちろんのこと、冬彦にしても、貴史を一人でキャビンに寝かせようとは思わなかっただろうし、佳人も言うまでもなくだが、最後にこうして川の字になれたのは、それはそれでよかった気がする。こういう機会でもない限り、三人一緒の場所に寝ることはそうそうないだろう。間に挟まれるのはなんとなく照れくさかったのか、冬彦が端を取ったので、佳人が真ん中という形ではあるが、川の字には変わりない。

冬彦とは違う理由かもしれないが、確かに、遥と冬彦の間に入って寝るのはちょっとくすぐったい気分だ。物心ついたときから佳人は自分の部屋で一人で寝るよう教育されていたので、こうして家族一緒に眠った覚えがない。悪い意味ではなく家庭はまず夫婦を中心にして考え、子供は子供で一人の人間として接するという、どちらかと言えば欧米風の理念が佳人の両親にはあったようだ。元々はお手伝いさんも雇えていたほど財力のある家だったので、佳人自身は記憶にないが、赤ん坊の頃からすでに自分の部屋があったのかもしれない。

当時は特に寂しいとは感じなかったつもりだが、こうして三人で寝るのもいいものだと思う。

途中で目が覚めたと言っていた冬彦の寝息が、横になってすぐ聞こえだした。どうやら寝足りていなかったらしい。無理して起きて佳人たちの帰りを待っていてくれたのかと思うと、申し訳ない気持ちになる。抱き締めて頭を撫でてやりたくなったが、冬彦はもうそういう歳ではない気もして、無闇にくっつくのはどうなのかと躊躇った。ふとした拍子に、大人と変わらない表情を見せたり、色香のようなものを漂わせたりするので、ときどき佳人は冬彦をどう扱っていいのか迷うことがある。

遥はそのあたりどうなのか、今度聞いてみよう……などと考えているうちに、佳人も寝入っていた。

川原でガムテープが貼られた異様な風体の車を見つけたときの衝撃が凄まじく、きっと悪い夢を見てしまうのではないかと覚悟していたが、自分で思っていた以上に体のほうが疲れていたようで、夢などかけらも見ずに熟睡していたらしい。

周囲で人が動く気配がして、話し声まで聞こえだし、目が覚めた。

なぜか寝坊した気になり、いきなりガバッと上体を起こした佳人に、遥と冬彦のほうがギョッとしたようだ。

「あ、すみません！　起こしちゃいましたか」

「起きたのか」

冬彦と遥が同時に口にする。

「今何時、って焦ってしまいました」

「六時半だ」

遥が腕時計を見て教えてくれる。

「今日はもう引き揚げるだけだから、なんならもう少し寝ていていいぞ」

「いや、おれももう十分に寝ました」

遥は佳人が精神的にダメージを受けていないか心配しているようで、佳人の顔を探るような眼差しでジッと見据えてくる。

本当に大丈夫か、と聞かれている気がして、佳人は無理のない笑顔を見せた。

それを冬彦にも見つめられ、ちょっと恥ずかしくなる。冬彦も心配してくれているのが感じられ、親代わりの片割れとして腑甲斐《ふがい》ない気持ちだ。

佳人の顔を注意深く見て、納得したのか、遥は一つ頷く。

「なら、朝食の準備だ。手伝え」

遥は普段どおりのぶっきらぼうさで言うと、畳み終えたシュラフを冬彦に預け、先に外に出ていった。

佳人もシュラフをどけて立ち上がる。

冬彦がまだ佳人に視線を向けていることに気がつき、どうしたの、と聞こうとしたら、冬彦のほうから「さっきは……」と心底心配していたことが伝わる表情で言い出した。

「さっき三人で戻ってきたとき、佳人さん顔が真っ青で、大丈夫なのかなと心配だったんです。無理して明るく振る舞ってるんじゃないかなって」

「ええっ、そんなふうに見えてたの？　ごめん、そこまでとは自分で思わなかった」

「僕も、なんか触れちゃいけない気がして、言うに言えなくて、普通にしてましたけど……」

冬彦はそこで言葉を途切れさせる。

佳人は保護者としての自然な気持ちから冬彦に近づき、背中に腕を回して抱き寄せた。

出会ったときは、かろうじて佳人のほうが背が高かったが、今や冬彦のほうが縦も横も成長している。ほんの数ヶ月でいきなり差をつけられた。さすがは成長期の男子だ。

遥と抱き合うときのような感覚では全然なかったが、冬彦はこんなふうにされるのが意外だったのか、石のように硬くなり、指一本動かせなくなったようで、明らかに困惑していた。

つい気持ちが高じて近づきすぎてしまったようだ。

「あっ、ごめんね」

今度は別の意味で謝る。

すぐに身を離したが、冬彦はまだ固まったままで、佳人と目を合わせるのも憚られるように視線を彷徨《さまよ》わせる。

「つい子供扱いしてしまった。冬彦くん、もうそういう歳じゃないから、気易く体に触られるの嫌だよね。今度から気をつける」

何か言わないとますますぎくしゃくしそうで佳人は言葉を重ねた。

「いえ、違うんです」

冬彦が慌てて否定する。

「嫌だったんじゃありません。それだけは誤解しないでください」

きっぱりと言われ、佳人は気圧《けお》される心地になりながら「う、うん」と頷いた。

「僕は佳人さんが好きです」

単なる好きという意味合い以上の熱っぽさを感じて、佳人はトクリと心臓を弾ませた。

冬彦の目つきは真摯《しんし》だ。誠実で理知的で、もう一人前の男なのだと知らされる。

「遥さんのことも、すごく好きです。僕もあんなふうになりたい。目標にしています」

続けて冬彦が言ったとき、佳人は心のどこかでホッとしていた。上辺だけではなく本心からそう思っていることが口調や表情から感じ取れる。

「今まで出会った人の中で佳人さんは特別ですけど、負け惜しみとかじゃなくて、僕は、遥さんと一緒にいる佳人さんを特に素敵だと思います。これからもずっとお二人を見ていたいです」

「……あの。……ここは、ありがとう、でいいのかな……？」

羞恥と嬉しさと戸惑いを混ぜて、躊躇いながら聞く。

冬彦は清々しい笑顔を見せ、「はい」と爽やかに返事をする。

綺麗な子だな、賢そうだな、と初対面のときに思ったのが、遙か昔のことのように思えてくる。今の冬彦は紛う方なく成熟した男の面持ちをしていた。かっこよすぎだろうと、同じ男として悔しさを感じるほどだ。これは遥も今後うかうかしていられないと思うのではないだろうか。

「佳人さん、遥さんを手伝いに行ってください。それ、僕が畳んでおきます」

冬彦に促され、佳人は広げたままのシュラフを足下に残してテントを出た。

フライシートのフラップは巻き上げられており、前室に燦々《さんさん》と朝日が入ってきている。

今日も快晴のようだ。

遥はキッチンに立って、ちょうどフライパンに卵を割り入れているところだった。

片手に卵を二つ持ち、熱したフライパンに手際よく落としていく。ジュウ、といい音がして食欲をそそられた。近づいて、手元を覗き込むと、隅のほうでベーコンが焼かれている。

「冬彦に口説かれたか」

フライパンを握ったまま遥に聞かれ、佳人はドキリとした。

「ええー……なんでそんなこと……」

「見ていればわかる」

遥は嫉妬《しっと》したふうでもなく、淡々と言う。

わかるのか、と佳人は所在なげな気分で小鼻を撫でる。

「口説かれたわけじゃないですよ。遥さんと一緒にいるおれが、いいそうです」

「ほう」

冷やかすように短く相槌を打たれ、佳人は、あれ、もしかして少しは妬《や》いてるのかな、と思い直した。遥の横顔を見ても相変わらず仏頂面をしているだけで、表情からは読めない。遥は意外と悋気《りんき》を起こすほうで、今までにも何度かそれらしい相手が現れると不機嫌になることがあったが、佳人としては今回が一番嬉しいような、くすぐったいような気持ちがする。

「冬彦くんがもう十年、いや、やっぱり十五年かな、そのくらい早く生まれていて、遥さんより先に会っていたら、おれ、よろめいていたかもしれません」

現実にはあり得ないｉｆの話だが、遥はムッとしたようだ。

作業台に出してあったプラスチック製の皿四枚のうち、二枚に焼き立てのベーコンと目玉焼きを分けて盛りながら、鋭利な眼差しで一瞥される。四枚の皿にはすでに添えもののブロッコリーとトマトが載せられていた。

「さっさとテーブルに運べ」

それ以上よけいなことは喋るなと牽制《けんせい》された気がして、佳人は「ハイ」と素直に応じた。

「……帰ったら、覚えていろよ」

再びツーバーナーにフライパンをかけ、背中を向けた遥にボソリと言われ、両手に皿を持って歩き出していた佳人は、うっかり躓《つまず》きそうになった。遥の報復は心臓に悪い。朝から艶めかしい想像と期待をさせられて、心拍数が上がってしまう。

転ばずに無事ダイニングテーブルに皿を並べていると、テントから冬彦が、公道を通って貴史が来た。四人揃って朝食の準備を進める。

隣のサイトは空いたままだが、周囲は朝ごはんの準備をする人々で活気づいてきた。何事もなかったかのようにキャンプ場の一日が始まっている。隣の一家に何かあったと知っているのは、おそらく遥たちだけだろう。

「先ほど東原さんから電話がありました」

四人でテーブルを囲み、食事を始めてから、貴史が知らせる。

「羽柴さんたちの件、発信機のお礼も兼ねて報告したら、役に立ったならなによりだ、と言っていました。昨晩は病院で宗親さんと一緒になったようです。容態は今また落ち着いているらしく、十時からの手術はおそらくうまく行くだろうと」

「そっちも、どうにかなりそうですね。よかった」

本来は三日目の今日も、乗馬ができる牧場に行く案があったのだが、なんとなく気が乗らない雰囲気だった。

とは言え、冬彦の気持ちを考えると、すぐ帰ろうとも切り出しにくい。

やはり計画どおり牧場に行き、夕方帰途に就くほうがいいだろうかと思っていたところ、冬彦のほうから「今日は早めに帰りませんか」と提案してきた。

「キャンプ、とても楽しかったです。でも、そろそろ家が恋しくなってきました」

こちらに気を遣わせない、屈託のない笑顔を見せて言う。

「馬、乗らなくていいの？」

冬彦が楽しみにしていたことを知っているだけに、確かめずにはいられなかった。

「乗馬は次の機会に取っておきます」

爽やかに言われ、佳人は胸が熱くなる。

「そうだな。いい考えだ」

遥が横から賛同する。

おかげで佳人もそれ以上躊躇わずにすんだ。

「うん。じゃあ、そうしよう」

三人の遣り取りを、貴史が優しく微笑んで見守ってくれていた。

＊

「本当に、駅までいいんですか」

東京まで乗っていきませんか、と何度も佳人に勧められ、遥もそのほうがいいのではという顔をしていたが、貴史は新幹線で帰ります、と言って断った。

「べつに遠慮しているわけじゃないんです。ちょっと考えたいことがあるので、新幹線のほうがいいんです」

そう言うと、佳人も納得するしかなかったようだ。

実際、貴史は東原の今後や、来年からお世話になる白石の事務所でのことに関して、考えを整理したいと思っていた。何がなんでも今考えないといけないわけではないが、新幹線に乗ってぼうっとできる機会がそうそうあるとは思えず、この機を逃す手はない気がした。

駅のロータリーに車を着けてもらい、佳人と並んで座っていた後部座席から降りる。

「じゃあ、また近いうちに会えたらいいね、冬彦くん」

「はい。ぜひ」

冬彦に声を掛け、遥にも「どうもありがとうございました」と礼を言う。

遥たちは貴史がコンコースに入るまで車を停めて見送ってくれていた。

新幹線の切符を窓口で購入し、車内で飲むペットボトル入りのお茶を自動販売機で選んで乗車する。

十時にキャンプ場をチェックアウトして、駅まで車でおよそ二十分、新幹線はだいたい一時間に一本の割合で運行されており、十一時八分発の列車に乗れた。

考え事をする時間が欲しいと思って新幹線を選んだものの、乗ってみると時間が経つのはあっという間で、少しウトウトしたせいもあって、気がつくと終点の東京駅に着いていた。

ちょうど昼時の東京駅に降り立ち、どうせだからレストラン街で何か腹に入れてから帰ろうと思い立つ。

いつ来ても混雑している構内を、人を避けながら歩いていたところ、不意に後ろから肩を叩かれた。まったく予期していなかったので、一瞬、何が起きたかわからなかった。

振り向くと、スーツにネクタイを締めた東原が、機嫌よさそうにニヤリとした顔つきで立っている。貴史は唖然《あぜん》として、咄嗟に声も出なかった。どうして、なぜ、と混乱する。組長の手術はもう終わったのか。なぜここにいるのか。これは偶然なのか、それとも貴史がここにいると知った上で来たのか。疑問がいっせいに押し寄せ、答えを考えつくのに時間を要した。

「こっちだ。ついて来い」

東原に顎をしゃくられ、貴史は糸で操られるように従っていた。

八重洲《やえす》地下街の真下にある駐車場に向かう間、やっと頭が回り始め、おおよその予測がついてきた。東原に返すつもりで、手荷物を入れたボストンバッグの外ポケットに入れてきた発信機を取り出してみると、案の定いつの間にか電源がオンになっている。スマートフォンから遠隔操作でスイッチを入れられるのだ。その際、音はまったくしない。昨晩、貴史自身が羽柴家のミニバンに取り付け、電源を入れたので知っている。

「だから僕が遥さんたちに東京まで乗せてもらわず、新幹線で帰ることがわかったんですね」

「そうだ」

貴史が言うと、東原は悪びれずに認めた。

元より貴史も形ばかりに呆《あき》れただけで、怒ってはいない。東原にこんなにすぐまた会えて嬉しい気持ちがなにより勝っている。

それより組長の手術がどうなったかのほうが気になった。

東原は東原で、貴史に話したいことがあるようだ。

駐車場に駐められていたのは、東原がプライベートで走る際によく乗っている、国産のクーペ車だ。二人で乗るにはちょうどいい。

貴史を助手席に座らせ、東原は車を出した。

「今日まで事務所は休みにしてるんだろう。このまま俺に付き合え」

「それは、まぁ、いいですけど」

内心はまんざらでもなかったが、東原への返事は昂揚《こうよう》を隠して、あえて淡々とした感じになる。

今さらだが、素直に喜んでみせるのがどうにも面映《おもは》ゆく、つい、どうでもよさそうな振りをしてしまう。我ながら厄介な性格だ。

「手術は無事に済んだんですか」

貴史は一番気になっていることをまず聞いた。それによって東原の立場に影響が及ぶかもしれないとなれば、気にせずにはいられない。

「ああ。予定では三時間かかるだろうと言われていたが、執刀医が極めて優秀で、二時間ちょっとで完璧にやってくれた。親父はまだ麻酔から醒《さ》めていなくて面会謝絶中だが、明日の午後にはちょっとばかし顔を見られそうだ。香西《こうざい》たち幹部連中も引き揚げた。病院に黒いスーツを着た強面の連中が居座っていたら、他の患者の迷惑になるからな」

「手術の成功、よかったです」

貴史は心の底からそう思い、ひとまず東原の進退に劇的な変化がなさそうなことに安堵する。

「実は俺は叔父貴たちより一足先に病院を出てきた」

「許されることなんですか、立場上？」

東原のことだから、こういう重要な局面で足を引っ張られかねないまねをするとは思えないが、たまにあえて危ない橋を渡ろうとすることがあるようなので、一抹《いちまつ》の不安が頭を掠めた。

「ここぞとばかりに俺を糾弾《きゅうだん》するネタにするやつもいるかもしれねぇが、実の息子があの場にいて、あとは自分がいればいい、とはっきり言ってくれたんだから、許されるだろうよ」

東原はしゃあしゃあと嘯《うそぶ》く。

ステアリングに軽く手を添え、前を見据える横顔には憂いも厳しさも浮かんでおらず、どちらかと言えば嬉々《きき》としているようだ。いつものごとく自信に溢れていて、失態を犯しそうな感じは微塵《みじん》もしない。

「そういえば、昨晩も宗親さんと一緒だったと言いましたね。ひょっとして、あらためて話をしたら意気投合した、とか……？」

その可能性もなくはなさそうだと、貴史は前から密かに予測していた。東原自身、利害が一致すれば協力し合うのもやぶさかではないと言うし、そもそもが宗親は東原に関心があり、気を引きたくてちょっかいを出していたきらいがある。一度、宗親が侘びを入れて助けを求め、東原がそれに応じて動いてやってから、二人の関係は落ち着いているようだ。意気投合したとしても不思議はないと思える。

「そこまで気易い仲にはなってねぇが、昨晩はなんとなく明け方近くまで二人で飲んだな」

夜中に病院に着くと、宗親が一人でふらりとやって来て、ここにいてもどうせ会えないんだから、つまらない義理立てしてないで俺と一杯やらないか、と向こうから誘ってきたと言う。

「親父が寝ている特別室前の廊下にずらりと揃った幹部連中を歯牙《しが》にもかけず、俺を名指しして顔を貸せと言えるだけ腹が据わってるんだから、たいしたやつだ。飄々《ひょうひょう》とした優男のくせに、下手したらあの場にいた誰より極道らしかったぜ。ちょっと小気味がよかったな。いつもは連れてるお供のボディガードも、病院では邪魔になるからと置いてきやがった」

「なんというか、想像に難くないです。そのときの、ずらりと並び控えていた幹部さんたちの殺気立った雰囲気が目に浮かびます」

「正直面白かったぜ。部外者は引っ込んでろと怒鳴りたくても、坊ちゃんには逆らえない空気感が入り交じっているのがな。実際、病院側としては、実の家族である宗親以外を相手にする必要はなくて、どっちが部外者なのかは明白なんだしな」

東原は自分のことは棚に上げ、他人事のように面白がる。

「いや、あなたも本来はそちら側の筆頭なんでしょう」

「まぁな」

貴史が突っ込むとしゃらっと認めたが、一癖も二癖もありそうな笑みは消していなかった。

「それにしても、一晩中飲んでいたなんて、今後の関係性を築く上で進展があったんじゃないかと期待してしまいますが」

どういう期待だと聞かれたら返事に詰まるが、貴史は無意識のうちにも何か新しい展開を期待していたようだ。だからするっとこの言葉が出た気がする。

「具体的には何もない。だが、感触だけで言うなら、宗親は己の適性を認めて腹を括りかけている気がした」

「つまり、宗親さんが跡目を継ぐ可能性が出てきたということですか」

これは貴史にとって吉報と捉えるべきなのか、はたまた逆なのか、にわかには判断がつかなかった。だから、どう反応すればいいかもわからず、それ以上言葉を続けられない。

いくら組長の実子とは言え、今まで組とは関係なく生きてきた堅気の人間が、誰の後ろ盾もなしに、突然東原をはじめとする大幹部たちを押しのけて四代目になるなどあり得るのか。ヤクザの世界のしきたりや常識に不案内すぎて、思考が止まってしまう。

「宗親がただの堅気でないことは、組の中央にいる重鎮連中は皆承知している。成田《なりた》が担《かつ》ぎ出そうとしたとき、半分は賛成して成田側についたくらいだ。結局成田は失脚し、今宗親を後押しする者がいるわけじゃねぇが、いざとなったら俺より宗親のほうが次期組長として正当性があると言い出す連中は、今もごまんといるはずだ」

東原は淡々と言い、「なにしろ」と続ける。

「この俺自身が、宗親がその気になったのなら、宗親でいいんじゃないか、と思っているくらいだからな」

それを聞いても貴史は、我ながら驚くほど、意外ではなかった。

心のどこかで、いつか東原はそう言い出すのではないか、本気で若頭を降りるつもりがあるのではないかと予感していたからだ。

息を呑んだ貴史の手を、東原が腕を伸ばして摑み取り、ギュッと一握りする。

貴史は緊張して声が震えないかと心配になりつつ、思い切って聞いてみた。

「もしそうなったら、あなたは何事もなく組を抜けられるんですか」

「さて、そいつはどうかな。冗談か本気か知らんが、宗親は、もし自分が川口組を率いることになったら、やっぱり若頭にはおまえを置く、と嫌な笑い方をして言っていた。あいつはだいぶ粘着質なところがあるから、あり得るかもな。まぁ、全部酒の上の話だ。真に受けるな」

「あなたも宗親さんもだいぶ強くて、酔って管《くだ》を巻くとかはなさそうですが」

貴史がそう言うと、東原はフッと息を吐いて微苦笑し、しばらく黙って車を走らせていた。

車窓の景色は四谷《よつや》の馴染みのものになっている。

東原はこの近くにも隠れ家を持っており、貴史もその古い和風建築の戸建て住宅を気に入っていた。昭和を感じさせるレトロな雰囲気が落ち着ける。貴史は昭和をほとんど知らないのに、なんとなく懐かしい気分になるのだ。

家の敷地の一角に設けられた車庫に車を入れて、一緒に降りる。

こぢんまりとした庭を回って玄関に行く途中、東原が再び口を開いた。

「貴史、俺は宗親に立つ気があるなら、やつの後見になってもいいと思っている」

東原は組を抜けるとは言わない。

言わないが、貴史にとっては、跡目を継ぐと継がないとでは天と地ほども差があった。

潮目が変わろうとしている。

そんな予兆がして、胸がひどくざわつき、全身に鳥肌が立った。

「あなたがなんであろうと、僕はあなたについていきます。……というか、離れません」

ガラッと玄関を横に滑らせて開け、先に一歩踏み出した東原に突如腕を引っ張られ、中に連れ込まれる。

「来い」

待ってください、靴が、と訴えたが、東原は強引で、靴はなんとか脱いだものの、足を上げるタイミングがずれて、上がり框《かまち》に爪先をぶつけそうになった。

最近はここまで性急に振り回されることはあまりなく、昔に戻ったようだった。今は東原を信頼しているので怒りは湧かない。抵抗する気もなく、かえって昂って欲情してしまう。

少し急な階段を上がらされ、ダブルベッドが据えてある寝室に連れ込まれる。

着衣のままベッドに押し倒され、体重をかけて押さえつけられた。

猛々しさを露にした東原が、精悍《せいかん》で男前な顔を貴史に近づけてくる。

この顔をずっと見ていたいと思ったが、唇を塞がれ、荒々しく吸われるや、いつもの癖で目を閉じていた。

それが長い喜悦《きえつ》の始まりだった。

*

玄関を開けた途端、慣れ親しんだ家の空気に触れた気がした。

やっぱりここが一番落ち着く。

そう感じて佳人が深く息を吸ったとき、後から来た冬彦が「あ」と小さく呟くのが聞こえた。

黒澤家に来て四、五ヶ月にしかならない冬彦も、似たような気持ちになったのかもしれない。

「お茶でも淹れようか。それとも部屋で休む？」

昼食は東京まで戻ってくる途中、通りすがりに見つけたうどん店ですませた。それとは別に、キャンプ場の近くにレストランや売店、お菓子製造工場が一つの建物に入った施設があって、そこで銘菓を購入したので、さっそくいただきながら一服するのもいいかと思った。

「お土産に買ったあのお菓子、食べたいです」

カスタードクリームをカステラ生地で包んだ、お菓子関係の賞を受賞した銘菓で、コーヒーにもお茶にも合いそうな品だ。

駐車場に車を駐めてきた遥が遅れて家に上がってきて、茶の間に顔を出す。

「遥さんもお茶にしませんか」

「ああ」

その前に軽く汗を流してくると言って、遥はシャワーを浴びに行った。

冬彦は台所に残り、茶器を出したり、お菓子の包みを開けて菓子皿に盛ったりして、お茶の準備を手伝ってくれる。

「キャンプ、楽しかったです。ありがとうございました」

あらためて冬彦に礼を言われ、佳人はかえって申し訳ない気持ちになった。

「最終日は予定どおりに行かなくてごめんね。おれたちと出掛けるの、懲《こ》りたりしてない？」

「えっ。全然です。羽柴さんたちのことはショックでしたけど、僕だけは何も知らずにキャンプ楽しんでましたし……。なので、僕的には佳人さんのほうが心配です。ダメージ大きかったんじゃありませんか。引きずらないといいんですが」

心配したつもりが、逆に心配されてしまう。たびたび思うことだが、冬彦と話していると本当に、年の差などあってなきがごとしだと認識を改めさせられる。

「佳人さん、僕の祖父の事件でも大変な目に遭ってるじゃないですか。こんな続けざまに人の生死に関したことに出くわして、大丈夫ですか」

「たぶんね」

精神的にどのくらい影響を受けているかは自分でもわからないが、十七歳でヤクザの愛人になったときから今まで、普通とは言い難い人生を歩んできたのは確かだ。何もなく生きてきた同年代の人よりは様々なことに免疫がある気はしている。ここ数年の間に、ちょっとでも縁のあった人のうち、亡くなったり病院送りになった人が何人いたか、考えるのも憂鬱《ゆううつ》だ。こういうことに慣れたくはないが、佳人も遥も事件に巻き込まれやすい星回りであることは間違いなさそうだ。

「当事者の不幸や不運を考えると胸が痛むけど、おれたちにできることはしたんじゃないかと思っているから、その点では後悔していない」

佳人はきっぱりと言った。

そう思えるので、感情移入しすぎて引きずられずにすんでいる。

「だったらよかった。本当にそう思います。佳人さんたちの行動力、すごかったです。僕も、一緒にバーベキューしたり、喋ったりしていたので智子さんのことは気になりますけど、住んでいる場所も違うし、学校も違うから、どうしていいかわかりません」

冬彦が表情を心持ち暗くする。

「お見舞いに行こうよ。ちょっと遠いけど、おれ運転するから。このままだとおれも気になるんだ。明日か明後日あたりどうかな」

佳人は冬彦の背中を押すように、今度は具体的に言ってみた。

「会いたくないってもし言われたら、そのまま帰ってくればいいんだし」

あえて、気軽な気持ちで行ってみよう、と誘う。なんとなく、冬彦は智子と顔を合わせてどんなふうに振る舞えばいいか考えすぎるあまり、ちょっと躊躇っているのではないかという気がしたからだ。

「そうですね。うん。病院まで行って会ってもらえなかったら、佳人さんに悪いなと思ったんですけど、佳人さんの言葉で気が楽になりました。僕が智子さんだったら……親の決断の巻き添えになっただけだとしても、自分一人何も知らなかったことを悔やんで、恥ずかしくて情けなくて、無邪気な顔を見せていた相手に合うのは辛いかもしれないな、と」

「わかるよ」

冬彦は優しくて思いやりのある子だ。佳人はジンと胸に熱いものが込み上げた。智子の力になってやることはたぶんできないが、智子を気にかける冬彦のためになら、自分ができることはしてやりたいと思う。

コンロにかけておいたケトルがシュウシュウ蒸気を上げだした。

火から下ろして、湯冷ましを通して温度を下げ、急須《きゅうす》に注ぐ。

冬彦は佳人の手元を、目を細めてジッと見ていた。祖父の店を手伝っていた頃、食事の後に出すお茶を冬彦がときどき淹れていたようなので、それを思い出していたのかもしれない。

茶の間に菓子とお茶を運び、冬彦と座卓に着いたところにタイミングよく遥が来た。服を着るのが面倒だったのか、浴衣をさらっと着ている。半乾きの艶やかな髪と相俟《あいま》ってドキッとするほど色っぽく、まだ日も高いうちから淫らな欲求を湧かせそうになる。遥と目が合い、己のはしたない欲望を見透かされた気がして慌てて俯《うつむ》く。そんな佳人を遥はフッと揶揄するように笑う。なんだか自制心を試されているようで、ひどい、と拗《す》ねたくなった。

お土産に買ってきたお菓子を食べながらお茶を飲む間、話題にしたのはキャンプで楽しかったことや、次は何をしたいといったことだけだ。羽柴家のことにはあえて触れないようにしようという暗黙の空気感があった。逆にいえば、それだけ三人とも意識している証拠で、この件はすぐには消化できそうになかった。

夜はもう店屋物《てんやもの》ですませようという話になり、七時ににぎり寿司を三人前出前してもらうよう予約注文した。それまでは、各自バラバラに過ごそうという雰囲気になる。

遥は少し休むと言って、お茶を飲んだあとは一階の北側を改築して主寝室にした部屋に引き取った。冬彦は二階の自室で夏休みの宿題をすると言う。

佳人は、庭にときどき訪れる地域猫が遊びに来ているのを見つけ、日陰で少しかまってやってから主寝室に行った。

先にベッドに横になっていた遥は寝息を立てて熟睡しており、佳人が隣に潜《もぐ》り込んでも、起きる気配はまるでない。三日間ずっと運転させてしまって、さぞかし疲れが溜まっていただろう。睡眠の邪魔をしないように、体を離して仰臥《ぎょうが》する。遮光カーテンを引いた部屋は昼でも暗く、そのうち佳人も閉じた瞼《まぶた》を開けなくなっていた。

来客を報《しら》せるインターホンの音がした気がして、フッと目覚めたときには、すでに日は沈んでいた。傍らに寝ていた遥の姿はなく、シーツも冷えている。慌てて起き、七分丈のリラックスパンツを穿いて人前に出られる程度に身支度を整えた。

すぐ傍の食堂を覗いたが、そこには誰もおらず、その隣の茶の間から話し声が聞こえてくる。

「あ、佳人さん！　今呼びに行こうとしていたところでした」

特上のにぎり寿司三人前が盛られた寿司桶が座卓の中央に置かれている。

「美味しそうだね」

「食べるぞ」

遥に促され、三人揃って寿司に手を伸ばす。

いろいろあったが、家族で初めて計画したレジャーの締め括りに相応《ふさわ》しい夕食になった気がする。そう思っているのは佳人だけではなさそうで、遥と冬彦の表情も和やかだった。

にぎり寿司を食べ終えると、冬彦は風呂に入りに行った。

佳人が茶の間を片づけてコーヒーを淹れている間、遥は仕事関係のメールをチェックするため書斎に行っていた。

「遥さん」

コーヒーを持って書斎のドアをノックすると、「ああ」と中から返事がある。

佳人は執務机でノートパソコンを開き、キーボードを叩いている遥の脇に、邪魔にならないようにマグカップを置く。浴衣でパソコン用の眼鏡を掛けた姿はあまり見たことがなく、新鮮で、マジマジと見てしまう。

「冬彦はどうしてる」

液晶画面から視線を逸らさずに遥はぶっきらぼうに聞いてくる。

「さっき風呂から出ましたよ。二階に上がっていったから、たぶん宿題の続きをするんじゃないですかね」

寝るにはまだだいぶ早い。書斎の壁に掛けてある時計をちらりと見ると、八時半になるところだった。

「おまえも風呂に入れ」

「あ、はい」

なんとなく先の展開が読めて、佳人はじわりと頬を火照《ほて》らせつつ素直に従うことにした。

「俺も一仕事終わらせたら部屋に行く」

次の、はい、という返事は、照れくささから声にし損ねる。

こういうときの遥の有無を言わせない強引さは、官能的すぎて猛烈に罪作りだ。

体の芯に火をつけられたかのごとく、熱と疼《うず》きでたまらない気分になる。

浴室で体を洗っていても、自分の手や指が触れるだけで、感度が上がった淫らな肉体が節操もなく反応する。

ソープの泡にまみれた胸板に手のひらを這わせると、凝《しこ》ってツンと突き出した乳首に引っ掛かる。無視しきれず、指の腹で突起を撫で、摘み、押し潰すようにいたぶって刺激する。

「……んっ」

感じやすい乳首を弄《いじ》るたびにジンとした痺れが脳髄と下腹部に伝わり、性器が芯を作って頭を擡《もた》げる。左手を胸板に残し、右手で陰茎を掴んで握り込み、情動のまま上下に扱《しご》く。

「あ……あっ」

噛み殺し損ねた声が浴室に響く。

太腿から力が抜け、膝頭がいっそう左右に開き、白々とした内股が引き攣るように震える。

何度か擦り立てただけで張り詰め、勃起した性器を、佳人は宥《なだ》めるように撫で、手を離した。

このまま手淫を続ければ射精して満たされることはわかっているが、すぐ傍に遥がいて、今夜はするとわかっているのに自慰で達《い》くなどもったいなさすぎる。胸にやっていた手も下ろした。代わりに体の隅々まで丁寧に洗い清め、遥の指や唇がどこに触れても安心して悦楽に溺《おぼ》れていられるように準備する。

遥のことを考え、ドキドキしながらそうしている時間は至福だ。

夏物の半袖の寝間着を着て脱衣所を出ると、廊下の電灯の光量が絞られており、寝るときの状態になっていた。まだ九時過ぎで、普段ならこんな時間から台所や茶の間のような皆が出入りしがちな部屋の電気が消えていることはないし、廊下ももっと明るくしてある。二階で勉強している冬彦が飲みものなどを取りに来たら、さぞかし驚くのではないか。佳人たちのしていることを勘繰りはしないだろうか。そうなると気まずいが、さりとて不要な電灯を明々とつけっぱなしにしておくのも落ち着かない。一時間でさっとすることをし、何食わぬ顔で茶の間に戻って十一時くらいまでテレビを観る気は遥もないだろう。だからこうして寝るだけの状態にしたのだ。

どのみち冬彦は遥と佳人がそういう仲だと知っているので、ここは潔く開き直るしかないと腹を括ることにする。

元は和室だった部屋の扉を横に滑らせて開ける。

主寝室の明かりもベッドサイドのシェード付きランプだけにされていて、遥はすでにベッドに入っていた。ヘッドボードに枕を立て掛け、背中を預けて文庫本を開いている。裸の胸板の逞しさに見惚れてしまう。

「早かったんですね」

てっきり遥のほうが寝室に来るのは遅くなるかと思っていた。

遥は閉じた本をサイドチェストの上に置き、ランプの光量を調節して室内を薄暗くする。

「待ちきれなかった」

感情を抑えた声でそっけなく言われ、熱っぽいセリフとの温度差に佳人は戸惑い、遥の相変わらずさに苦笑いしそうになった。同時に、くすぐったいような心地にもなる。

佳人がベッドに上がると、体の向きを変えた遥がすぐにのし掛かってきた。布団をはね除け、筋肉質の引き締まった体を被せてくる。

遥は全裸だった。

ずっしりと体重を掛けて乗ってこられると、薄い生地などあってないように体温が肌に伝わってくる。胸まで押し潰されて少し呼吸が苦しかったが、それ以上に、ぴったりと隙間なく身をくっつけ合い、互いの存在を確かめ合えていることに嬉しさを覚え昂揚する。

両腕を回して裸の背中を抱き締め、ほうっと満ち足りた息を洩らす。

やはり、遥の下に敷き込まれ、馴染んだ熱と匂いに包まれているときが一番安心する。自分の居場所はここだとあらためて感じる。

「おれを、めちゃくちゃにしてください」

「俺は結構優しいつもりだが」

照れくさいのか、遥はそんなふうにはぐらかす。冗談にして受け流さない堅さが佳人には愛おしい。よく傲岸で大胆なセリフを吐くが、いざとなると暴君ぶりなど微塵も発揮せず、愛情深いセックスを時間をかけて濃厚にする。

「優しいですよ。遥さんは、情が深くて温かいです」

大好き、と続けようとした口を塞がれた。

柔らかく弾力のある唇を押しつけてきてまさぐられ、チュッと音をさせて吸い上げられる。

角度を変えながら小刻みにくっつけては離すキスをしながら、長い指が慣れた手順で寝間着のボタンを外していく。

隙間をこじ開けて滑り込んできた舌で隅々までまさぐられ、舌を搦《から》め捕《と》られて吸い上げられる。淫靡《いんび》で濃厚なキスに身動《みじろ》ぎするたび、上衣がはだけた。肩から二の腕まで露になり、ほのかに充血して色濃くなった乳首が隠れ場所をなくし、ついに臍《へそ》まで晒される。最後は一気に腕を抜かれて剝ぎ取られ、ズボンも腰からずり下ろされた。

寝間着の下には何も着けないので、ズボンまで脱がされると全裸になる。

一糸纏わぬ姿で肌と肌とを密着させ、昂《たかぶ》ってきた股間同士を押しつける。キスで欲情して芯を持ち始めていた肉棒が、みるみるうちに硬さを増してきて、形を変えて育っていくのをつぶさに感じつつ、互いに煽るように腰を揺すり、相手の欲求を刺激する。

こうやって陰茎を擦り合わせているだけで性感が高まり、淫猥《いんわい》な気分になって、痺れるような快感が湧いてくる。

次第に股間に熱が溜まりだし、内股や足の付け根がうっすら汗ばむ。擦れた恥毛が絡まる感触も淫猥だ。

我慢の利かない佳人の先端からは先走りの淫液が滲《にじ》み出しており、触ると指が濡れた。その指を遥に摑み取られ、口に含んで舐《ねぶ》られる。熱く湿った口腔《こうこう》と舌で吸いつかれ、ゾクリと身が震える。官能を揺さぶられて鳥肌が立った。

自分も遥のものをもっと可愛がりたい欲望が込み上げる。

遥の肩に手を掛け、押しのけるようにすると、それだけで遥には佳人がやりたがっていることがわかったらしく、すんなり佳人の上から体を起こし、体勢を変えた。

シーツに仰臥した遥の脚の間に体を入れ、りゅうとそそり立つ陰茎を摑む。

股間に顔を伏せて亀頭を口に含むと、引き締まった腹部の筋肉がピクリと引き攣るように動いた。一瞬息を止め、みだりに声を出すまいと意地を張るのがわかる。そこは遥の矜持《きょうじ》に関わるところらしい。

手で付け根を支え持ち、口の奥まで使って陰茎を迎え入れ、舌や唇を駆使《くし》して遥に愉悦を味わわせる。竿を唇で締めて上下に扱き立て、亀頭の下の括《くび》れや先端の隘路《あいろ》に、尖らせた舌先を辿らせ、擽ったり抉《えぐ》ったりして感じさせ、全体を吸引する。

間断《かんだん》なく愛撫を施すうちに、遥の呼吸が乱れだし、身動いだり、体に力を入れて強張らせることが増えてきた。じっとしていられないほど気持ちよくなっているのが察せられる。それでなくても、遥の一番正直な器官を口にしている佳人には、舌の上でのたうったり、だんだん先走りの味が濃くなってきたことから、遥がどのくらい感じているのか手に取るようにわかった。唾液にまみれ濡れそぼった陰茎は、今にも弾けてしまいそうなほど張り詰め、血管を浮き上がらせている。

「一度出しますか」

「出すなら、おまえの中で出したい」

率直に返され、佳人は面映ゆさと嬉しさで軽く唇を噛み、睫毛を瞬かせた。

遥が腕を伸ばして、サイドチェストの引き出しから、プラスチック容器入りの潤滑剤を取る。

「おれ、遥さんの顔を見ながらがいいです」

佳人も自分の希望を伝える。

セックスは一緒に気持ちよくなるためのコミュニケーション手段だ。こんな関係になった当初は、こうしたい、ああしたい、あれが好きと言葉にするなど考えもしなかったが、付き合いが長くなるにつれ自然と求め合えるようになっていた。

遥は「ああ」と一声だけで応じると、仰向けに寝て両脚を膝で曲げて立てた佳人に体を寄せ、唇を軽く啄《ついば》んできた。

湿った粘膜を接合させたかと思うと離れていくくらいの短いキスだが、大事にされている感が強まって身も心も昂揚する。元より遥との関係は体だけではないと重々承知しているし、そんなふうに疑ったこともないが、わかっていても愛情を示されれば、嬉しさやありがたさが膨らむものだ。遥は、自分は恋愛に疎《うと》くて不器用だと自嘲《じちょう》するが、体を繋ぐ前にさらっとキスなどしてくるあたり、人の心を摑むことに長けていると思う。

何度抱き合っても羞恥心は失せず、どうせ広げるとわかっていても、自分から大股開きで遥を待つようなまねはできない。

遥は、佳人が慎ましやかに合わせていた膝頭に手を掛け、グイと左右に割り開く。

お約束と言ってしまえばそのとおりだが、これだけで佳人は高まり、同時に本気で羞じらって顔を隠したくなる。それがまた遥の昂奮《こうふん》を煽るようだ。

実際、立てた膝を割り広げられ、股間でそそり立っている欲望の証《あかし》を見られ、どれだけ淫らなことを考えているのか、期待しているのか知られるのは恥ずかしい。濡れそぼった先端を指の腹で撫でられ、べたつく淫液が糸を引く様を揶揄されて、「いやらしいやつめ」などと言葉で苛《いじ》められると、官能のあまりざわっと肌が粟立《あわだ》って、あられもない声を出しそうになる。

パチン、とプラスチック容器の蓋を開ける音がする。

滑りのいいトロッとした液体を揃えた指にたっぷりと垂らし、遥は膝を入れて浮かせた佳人の双丘の間に手を差し入れてきた。

片方の手で肉付きの薄い尻肉を広げ、潤滑剤を纏った指を窄《すぼ》んだ襞《ひだ》に擦り付け、ググッと一本奥まで穿つ。

「は、ああ……っ」

濡れた指がズルッと一気に滑り込んできて、佳人は胸を反らせて艶めかしい声を発した。立てて開いた足裏でシーツを踏み、背中を弓形に浮かす。

長い指を深々と付け根まで挿入され、狭い筒の中でグリッと回したり、抜き差ししたりして解される。

「……っ、ん、んっ」

一度引き抜かれた指を二本に増やして穿ち直され、内側の粘膜をしたたかに擦られる。

佳人は頭を振り、シーツに髪を散らせて喘いだ。

「気持ちいいか」

「あっ、あ……！」

色香の滲んだ声にも耳朶《じだ》がビクンと震えた。性感を昂らせる官能的な声音に酔わされる。

指でまさぐられる秘部の奥深くから甘い痺れが全身に広がり、じっとしていられない。ひっきりなしに腰を蠢《うごめ》かせ、シーツに指を立て、足で蹴り、爪先を突っ張らせて快感に耐える。

何度か潤滑剤を足され丹念に慣らされた秘部は、濡れそぼって淫猥な有り様だった。指を抜かれると貪婪《どんらん》にヒクつき、もっとと誘うように収縮する。

遥は佳人を焦《じ》らさなかった。

猛ったままの己の剛直にも潤滑剤を施し、硬さと撓《しな》りを確かめるように二、三度自らの手で扱いて、さらに張り詰めさせる。

遥の大きさと長さに馴染んだ佳人でも、こくりと喉を鳴らしてしまいそうになるほど今夜の遥は欲情しており、先端を後孔にあてがわれたとき、思わずザワッと総毛立って身震いした。

「摑まっていろ」

体の芯を疼かせるセクシーな声で囁かれ、佳人は酩酊《めいてい》した心地になりながら遥の首に両腕を回した。

しとどに濡れて、指で柔らかく解された後孔は、弾力のある亀頭で一突きされると、待ち兼ねたように遥を迎え入れた。

ズプッと括れまで含み込む。

「はあぁっ」

佳人は喜悦の混じった声で泣くように喘ぎ、熱く湿った息を吐く。

快感のあまり乳首まで凝って膨らみ、突き出ている。

佳人の中に突き立てた陰茎を、遥はそのままググッと進めた。

「ヒッ、あ、あ……アアアッ」

薄い粘膜を容赦なく擦り立て、太くてガチガチに硬くなった雄蕊《ゆうずい》が狭い器官をみっしりと埋め尽くしていく。

尻に陰嚢《いんのう》がぶつかり、陰茎が根本まで収まったことがわかる。

「は、るか、さん」

息を弾ませながら途切れ途切れに遥を呼ぶと、遥が欲情して一段と色香が増した顔を近づけてくる。ゾクゾクするほど綺麗で猛々しく、こんな男と体を繋げているんだと思うと、それだけで達けそうなほど昂揚してくる。

「痛くないか」

「……ぜんぜん。……すごく、気持ちいいです」

「もっと、いろいろしてやりたいところだが、今夜は俺に余裕がない」

熱の籠もった声で言い、佳人の汗ばんだ胸板に手のひらを這わせてくる。

物欲しそうに突き出した突起を指で弾くように嬲《なぶ》られ、佳人は嬌声《きょうせい》を放って身動いだ。

そうしている間にも、遥の腰は小刻みに動かされていて、ゆっくりとしたリズムで佳人の奥を叩き、粘膜を擦りながら抽挿《ちゅうそう》を続ける。

深々と貫いて最奥《さいおう》を突かれ、亀頭だけ残してズルリと引き抜かれ、またズズッと筒を押し広げて埋められる。

余裕がないと言いながら行為自体は性急でなく、じっくりと一突きずつ味わうように攻めてくる。感じるところを外さず、確実に佳人を乱れさせ、喜悦を与えて啜《すす》り泣かせる。

「あっ、あっ。そこ、もっと……っ」

佳人が我慢しきれず上擦《うわず》った声で求めると、そうやってねだらせたかったかのように律動を激しくする。

遥に翻弄され、佳人はあられもない声をいくつも上げて悶《もだ》えた。

己のもので佳人が悦楽にまみれてのたうつ様を見るうちに、遥も自制が利かなくなってきたようだ。佳人の両脚を抱え、膝頭が胸に付くほど深く折り曲げさせると、上向いて抽挿しやすくなった後孔を思うさま蹂躙《じゅうりん》し始めた。

さっきまでの緩やかな動きから一変して、速度を上げた激しい勢いの行為になる。

荒々しく揺さぶられ、これ以上はもう無理と弱音を吐きそうになるほど深いところまで剛直を届かされ、惑乱した声や、叫ぶような悲鳴を上げて身悶える。

与えられる快感を受け止めるのが精一杯で、何も考えられなかった。

悦楽の波がどんどん高くなっていき、攫《さら》われて、揉まれて、息をするのも難しくなる。

筒を埋め尽くすいきり立った肉棒がドクンと脈打つのがわかり、嬌声が口を衝いて出る。

佳人の上で遥が低く呻《うめ》いた。

打ちつけられた腰が動きを止め、中に熱いものを放たれる。

息を荒らげた遥の顎を伝い落ちた汗が佳人の胸元に落ちかかり、そんな僅かな刺激にも官能を刺激されて艶めいた声を立ててしまう。

「佳人」

遥が佳人の腰を抱え直し、射精して少し柔らかくなった陰茎を中で軽く動かす。

「……っ、あ……」

その動きで佳人はあろうことかめちゃくちゃに感じてしまい、息を呑んで顎を仰け反らせた。

「ううう っ」

ドロリと自らの性器から白濁が零れ出す。

達した衝撃と、長く続く法悦で指一本動かすのも億劫になっている佳人に、遥が覆い被さってくる。

乱れた髪に指を通して掻き上げられ、生え際を優しく擽られ、心地よさに笑みが浮かぶ。

汗の浮いた鼻の頭、火照った頬、目元、と順に唇を触れさせていった遥の唇が、最後にとっておいたかのごとく口に落ちる。

佳人から唇に隙間を作って誘うと、すぐに遥の舌が滑り込んできた。

淫猥な水音をさせながら深く濃厚なキスに酔う。

裸の体をしっかりと絡ませ合い、互いに次の昂りが訪れるまで、キスや愛撫で間を繋ぐ。

まだ夜は始まったばかりだと、佳人は承知していた。

＊

救急搬送された羽柴家の親子三人が入院している病院の駐車場に車を駐めた佳人は、一階の総合受付カウンターがあるロビーまで冬彦と一緒に来てくれた。

「おれはここで待っている。そのほうが智子ちゃんも話しやすいだろうから」

時間は気にしないでいいから、と言われ、冬彦はありがたくそうさせてもらうことにした。

智子は両親とは別の部屋に入っており、幸い、どこにも障害を残さずにすみそうだと聞いている。睡眠薬で深く眠っていたため、病院で意識を取り戻すまでの間、何が起きたのかほとんど覚えていないようだ。栄一と早苗も後遺症はほぼないらしい。ただ、検査の結果、栄一には別の疾病があることがわかり、そちらの治療をするために引き続き入院することになったと言う。早苗は栄一に付き添っている。智子は明日の午前中に退院し、しばらく親戚の世話になるそうだ。

途中で買ってきたお見舞いの花束を持って、冬彦は病室を訪ねた。

智子は四人部屋の右奥のベッドにいた。

あらかじめ今日行くとメールで知らせておいたので、智子も冬彦を待っていてくれており、部屋を覗くとすぐに気づいて、遠慮がちに手を振ってきた。

異性の友達と会っても恥ずかしくないようなシャツっぽいパジャマを着ている。

冬彦が花を渡すと嬉しそうに礼を言って受け取った。

思ったより落ち着いているようで、冬彦はとりあえずそのことに安堵する。ひょっとすると、話もできずに、ぎくしゃくとした雰囲気になるのでは、という想像もしていたが、杞憂だったようだ。

「……来てくれて、ありがとう」

事情が事情なのと、夏休み期間中で登校日以外は学校に行かず、友達とも会わないので、入院していることは誰にも教えていないと言う。こうして話をする相手がいなくて、いろいろ溜め込んでいたようだ。

「東京からここまで、わざわざ遠いのに」

「佳人さんに車で連れてきてもらったんだ」

冬彦は智子に勧められるままベッドの下にあった丸椅子を引き出して座った。

「今、下で待ってくれてる」

「そうなんだ。ほんと仲いいよね」

「本当の親子じゃないぶん、気を遣ってくれているんだと思う」

「親でもいろいろだなと思うから、血の繋がりとか、それほど重要じゃないよ」

智子がどこまで今回の一件を意識して言っているのか冬彦には判断がつかなくて、相槌を打つのも躊躇った。ただ、智子も事件の話自体をする気はないようで、冬彦が言葉を探して迷っていると、すぐに話題を変えてきた。

「あのね、ひょっとしてだけど、黒澤くん、好きな人いる?」

これはこれで、予想もしなかった方向に話が行き、冬彦はあからさまに動揺した。よもや智子にこんな質問をされるとは思っておらず、不意を衝かれた心地だ。

「えっ、ど、どうして？」

冷静になれば、いるにせよいないにせよ、どちらかを答えればすむ話だが、そのとき冬彦の頭に浮かんだのは、昨晩きっと佳人は遥と寝ただろう、遥に抱かれてしどけない姿を見せたのだろう、という艶めいた妄想だ。昨晩、早くから一階の明かりがほとんど消されているのを見て、すぐに察した。勝手な想像だが、そういうことがあったであろうことは疑っておらず、妄想も生々しかった。二階の部屋に戻っても、そのまま勉強を続ける気になれず、ヘッドホンをしてしばらく音楽を聴き続けていた。そうしたことを智子にも知られたような心地がして、あり得ないとわかっていても狼狽えた。

「黒澤くんを見ていたら、佳人さんが好きなのかなって気がして。あ、違ってたらごめんね」

「もしかして、僕、顔や態度に出てた？」

「うーん、どうかな」

智子は急に恥じらった様子で目を伏せ、頬を微かに赤らめる。

「……私が黒澤くんを気にして見ていたから、そう思っただけかも」

智子の態度やその言い方から、どういう意味なのか冬彦にもなんとなくわかったが、それを言うと、冬彦もその後どんな態度を取ればいいか悩むに違いなかったので、あえて気がつかない振りをした。

「うん、実はそれ当たってる」

代わりに佳人に対する気持ちのほうを認める。

智子はやっぱりという表情になり、複雑そうな眼差しを向けてくる。

冬彦はすっと息を吸い込み、ゆっくりと吐き出してから、さばさばと割り切った口調で続けた。

「もちろん、佳人さんは遥さんの恋人だし、これが横恋慕《よこれんぼ》だというのはわかってる。あの二人はたぶん生きている限り別れないと思うし、僕もそうであってほしいと本気で思ってる」

「そういうもの？」

智子には信じ難いようで、細い首を傾げた。

「遥さんには敵《かな》わないと、わかってるんだ」

冬彦は悔しさも嫉妬も払いのけ、清々しい気持ちで言う。

「今の僕ではね」

そして一言付け足したが、これも決して負け惜しみではなかった。

「だけど、仮に僕が遥さんに追いついたと思っても、遥さんにも僕がかけるのと同じだけの時間があるわけだから、そのとき遥さんはさらに先にいる。僕はたぶん永遠に遥さんの背中を見ながら歩いていくしかない」

「じゃあ、気持ちの折り合いはどうやってつけるの？　佳人さんが好きなのは確かなんでしょ」

智子が冬彦に一番聞きたいのは、それなのかもしれない。冬彦は智子の真剣な顔つきを見て、そう感じた。

「今は佳人さんのことしか考えられないけど、報われない想いなのはわかっているから、他に誰かもっと好きになれる人が現れるのを待つだけ、かな。そんな人が見つかるかどうかもわからないけど。僕にできるのは、そんな奇跡みたいな出会いがあったとき、できるだけ最高の自分でいられるように努力し続けること、くらいなんだ」

冬彦は智子の顔を真っ直ぐ見て、今日ここに来て一番伝えたかったことを口にする。

「僕は佳人さんは諦めるけれど、自分の人生は諦めない。遥さんに負けないくらい立派な大人になって、生き甲斐を見つけたい」

突然智子が顔を覆って項垂《うなだ》れた。

華奢《きゃしゃ》な肩が上下に揺れている。

「生きようよ」

冬彦は静かに一言重ね、口を閉ざす。

カーテンで仕切られた他のベッドの様子は窺えないが、それぞれ介護する人や家族が傍にいるだけのようで、聞こえるのは和やかな話し声ばかりだ。

智子の洩らす押し殺した嗚咽《おえつ》が胸に痛かったが、冬彦にしてやれることはもうなかった。

やがて、涙を拭《ふ》いて顔を上げた智子が、赤く腫《は》れた目で冬彦を見て、一つ頷く。

きっと智子は大丈夫だ。

ロビーで待っていてくれた佳人の許へ行き、そう思いましたと告げると、佳人も「そうだね」と力強く頷いた。

夏、親友と上野公園で

ＪＲ上野《うえの》駅の公園口改札を出ると、短い横断歩道を渡った先にもう上野恩賜公園《うえのおんしこうえん》が広がっている。

目の前に見えるのは東京文化会館《とうきょうぶんかかいかん》。コンクリートを打ちっ放しにしたような大きな柱が目立つ平たい箱型の建造物だ。周囲には建物を覆い隠すかのごとく大木が立ち並び、枝葉を広げ、厳しい日差しを遮る木陰を作っている。

ここは駅の真ん前で、公園の出入り口とあって、待ち合わせによく利用される場所だ。人が大勢たむろした一帯をぐるりと見渡し、牟田口《むたぐち》の姿を探す。

約束の時間より五分ほど早く着いたので、まだ来ていないかなとも思ったが、斜めに掛けたショルダーバッグのポケットの中でスマートフォンが一度ブルッと震動し、『右側の木の下！』とメッセージが届いた。

そちらを見ると、五分袖のＴシャツに橙色《だいだいいろ》の膝丈パンツという夏らしい出《い》で立ちをした牟田口が、こっち、こっち、とばかりに手を振っているのが目に入る。

冬彦《ふゆひこ》は急ぎ足で牟田口の許へ行った。

「よっ！　久しぶり！」

向かい合うなり牟田口にカラッとした笑顔で迎えられ、冬彦も自然と頬が緩んだ。

相変わらず元気がよくて、心身共に絶好調という感じの潑剌《はつらつ》さだ。

「早かったんだな。おまえのことだから遅れることはないと思っていたけど」

「おうよ。五分前行動を常に心掛けよ、だからな」

牟田口はぐんと胸を張り、冬彦にとっても馴染《なじ》み深い言葉を口にする。剣道部の部訓の一つだ。

久々に聞いた。前の学校を離れてもう五ヶ月経《た》つんだなと、あらためて嚙み締める。

「そして主将のおまえは五分前のさらに五分前を心掛けてるんだったな」

冬彦の言葉に牟田口は我が意を得たりという顔になる。

「ぶっちゃけ、おまえが駅から出てきてキョロキョロするのが見たかっただけなんだが」

「悪趣味だぞ」

確かにそんな感じだったであろう自分の姿を頭に浮かべ、冬彦はちょっと照れくさくなった。失態を演じた気がして、にやけている牟田口の脇腹をど突く。気配を察した牟田口にさすがの敏捷性で躱《かわ》され、逆に手首を摑まれたが、ああ、この悪ふざけする感覚、と冬彦は気分が上がってきた。気の置けない相手とだからできる無遠慮な振る舞い。こうした遣り取りができる相手はそうはいない。牟田口とは小学校からの付き合いだ。喧嘩をしたり、ふざけたり、一緒に泣いたり笑ったり、他の友達には言わない話を打ち明け合ったり、ありとあらゆることを共有してきて、誰よりも気心が知れている。

「おいおい、おまえ背ばっか伸びて、筋力衰えたんじゃないか」

「イタタ、放せよ。おまえが力余りすぎてんだろ」

顔を顰《しか》めてみせながら、声には喜色《きしょく》が滲む。

牟田口も楽しそうに笑っていた。

「まぁな。夏休み前に部活引退したからさ。発散する場所がなくてだな」

牟田口たち三年生は、七月上旬に開催された都大会を最後に引退したのだ。

元いた中学の、自身も所属していた剣道部の大会結果は、冬彦も気に掛けており、都大会で惜しくも敗退したと牟田口からメッセージをもらったとき、冬彦はどう返信するかしばし悩んだ。優勝すれば八月に行われる全国大会に出場でき、引退もそれまで持ち越しになるはずだったが、全国大会は開催地を除く各都道府県から一校のみという狭き門だ。牟田口たちの中学はベスト8には毎回残るが、そこから先に勝ち進んだことはなく、今年もやはりだめだった。主将の牟田口は個人戦では三位にまで入ったことのある折り紙つきの実力者で、ひょっとしたら今年は、と周囲も期待していたらしいが、団体戦も個人戦も思うように力を発揮できず仕舞いだった。本人が一番悔しかっただろう。

結局、メッセージには『お疲れ。がんばったな。高校でもやるんだろ。次の試合楽しみにしてる』と返した。

牟田口は『おう』と短い返事を寄越《よこ》し、数分後さらに『まずは志望校に受かるぜ！』と続けてきた。その後は受験勉強のことに話題が移ったので、剣道大会のことはそれまでになった。

あれから三週間あまり。

その間にもメッセージの遣り取りは頻繁にしていたが、顔を合わせるのは引っ越し以来初めてだ。会ったら大会の話がまた出るかもしれない、出たらどう言おうかと少々身構えていたのだが、牟田口のさばさばした口調から、踏ん切りがついたんだなとわかった。

「僕も新しい学校で帰宅部になって、体を動かす機会はすごく減ったよ。確かに鈍《なま》ってるかも」

「仕方ないよな。進路が決まるまでは」

屈託なく言って、牟田口は「とりあえず歩こうぜ」と動物園がある方に足を向けた。

肩を並べて歩き出す。

上野で待ち合わせたが、具体的にどこに行くと決めているわけではない。ここは、美術館、博物館、動物園、寺、池と、訪れる場所に事欠かない。あちこちにある記念碑や像を見て回ったり、ただぶらぶらと歩くだけでもいい。

国立西洋美術館《こくりつせいようびじゅつかん》への入り口を右手に見ながら進む。

このまま真っ直ぐ行けば動物園だ。表門が遠く離れた正面に見えている。夏休み中なので、平日とは言え人出が多い。

「おまえ、パンダ見たい？」

「いや、べつに」

冬彦の返事を聞いた牟田口は一つ頷《うなず》き、交番のある角を右に曲がった。

竹の台広場《たけのだいひろば》という名前通りの開けた場所に出る。大きな噴水池で知られる所だ。ずっと先の、道路を挟んだ向かいに東京国立博物館《とうきょうこくりつはくぶつかん》の正門があり、広場の左右には樹木が立ち並ぶ。休憩用のベンチがいくつも据えられていて、ここでのんびりしている人も多い。

噴水の傍《そば》をゆっくりとした足取りで歩きながら、長い付き合いで気心の知れた相手とだからこそできる、本音を晒《さら》した会話をする。そのほとんどが、文字で遣り取りするメッセージではなんとなく気恥ずかしくて話題にしてこなかったことだ。

「もう新しい家には慣れたか」

冬彦に対して大概無遠慮な牟田口だが、昔から家庭内の事情にはよほどのことがない限り踏み込んでこない。こう聞いてきたときの口調も慎重な感じだった。

それというのも、知り合って間もない頃、家族を悪く言われたことが原因で殴り合いの喧嘩になり、牟田口にとってあまりにも不本意な、本人曰《いわ》く「クソな」汚点になったかららしい。

当時六つか七つの小学一年生で、牟田口はいわゆるガキ大将タイプだった。平均より身長体重共にあり、運動が得意で腕っ節も強く、小学校に上がると同時に隣町の道場で剣道を習い始めていた。誰彼かまわず乱暴を働くわけではなかったが、自分がボスだと自負しており、うわべだけでも敬意を払っている振りをしなかったのは、一部のませた女の子たちと冬彦くらいだったようだ。

牟田口は冬彦のそうした態度が気に食わず、何かにつけて絡んできた。面と向かって悪意のある言葉を投げかけたり、わざと仲間に入れなかったり、あからさまに競争心を剝き出しにしたりなどして、いちいちかまってくる。うるさい、面倒くさい、と冬彦は内心閉口していたが、相手にすれば牟田口の思う壺のような気がして、何も感じていないかのごとく素知らぬ顔をし通した。まだ年端もいかぬ頃から、まったくもって可愛げのない子供だったと我ながら思う。

そんな冬彦の手応えのなさに、さらに牟田口はムキになり、どうにかして冬彦を凹ませなければ気がすまなくなったのだと、後になって本人から聞いた。次第に、悪口や叩きの対象が、冬彦自身でなく、家族へと変わっていったのだ。周囲の子供たちが、親や身近な大人たちが明け透けに噂するのをまねて、冬彦の家庭の事情を悪意のある言葉で好き勝手に言う。牟田口もそれに加担するようになった。

父親がどこの誰かもわからない、フシダラな母親がミコンで産んだ子供。挙げ句の果てに、インバイの母親は息子を捨てて行方をくらませた。そんな娘にしか育てられなかった祖父と二人暮らしでは、孫の冬彦もいい影響は受けない。冬彦とは遊ぶな、無視しろ、皆そう言っている。こんな感じだ。

最初からいなかった父親はもちろん、ろくに傍にいてくれず、ある日突然家を出たまま消息を絶った母親や、自分自身のことまでは、どれほど悪く言われてもかまわなかった。噂話をやめさせることなどできはしない。冬彦は子供心に達観していた。物心つく頃からそんな環境だったので、世間の無責任さや残酷さというものを肌で感じ、よくわからないままに何も期待しなくなったのだと思う。冬彦が、表情の硬い、愛想なしの、めったに喋《しゃべ》らない子供になったのも、無理からぬことだろう。

けれど、冬彦にとっては唯一まともな大人で、怖いけれど愛情を注いで育ててくれている祖父のことまで悪く言われると、さすがに感情を抑えきれなかった。

突如火山が噴火したかのような激情に襲われ、気がつくと自分から牟田口に摑みかかっていた。あそこまで興奮したのは、後にも先にもあのときだけだ。我を忘れ、無言で拳《こぶし》を握り、牟田口を殴りつけた。牟田口も当然殴り返してくる。今まで何を言われても反応が鈍く、子供ながらに悟った顔つきで同級生たちと距離を置いていた冬彦の豹変ぶりに、教室内は騒然となった。

担任が駆けつけ、取っ組み合う二人の間に割って入ってきたとき、やっと冬彦は少し落ち着いた。牟田口も、息を荒らげて冬彦を睨みつけながらも、どこか呆然《ぼうぜん》とした面持ちだった。

問題はその後の処理で、牟田口は今でも、あのときこの件に関わった教師や、無関係なはずの大人たちを軽蔑していると言う。

喧嘩の原因は「まともな家庭」で育っていない冬彦の情緒不安定さが引き起こした妬《ねた》みや嫉《そね》みに端を発したもので、両親揃った「きちんとした家庭」の子供である牟田口にはいっさい非がない。周りで一部始終を見聞きしていた同級生たちも、口を揃えて、悪いのは冬彦だったと言っている。そう説明し、孫を甘やかしすぎだと祖父に苦言を呈して、冬彦共々、牟田口と、牟田口の両親の前で頭を下げさせた。

それに対し、怒ったのは牟田口だ。違う、おれがひどいことを言って冬彦を切れさせたから、こんな騒ぎになったのだと抗議したにもかかわらず、校長や教頭たちは「いいんだ、庇《かば》わなくて」と聞こうとせず、「きみは思いやりのあるいい子だね」と牟田口を持ち上げるばかりだった。どうやらPTA会長を務める牟田口の父親に気を遣ったようだ。

祖父は学校関係者側の説明と抗議に、「そうですか」「ご迷惑をおかけしたようで」と淡々と応じ、その場では躊躇《ためら》いもなく頭を下げていたが、結局冬彦は一言も叱られなかった。「そうなのか」と確かめられて、冬彦は頑《かたく》なに口を引き結んだままウンともスンとも答えなかったにもかかわらず、「そうか」と頷き、それ以上はこの件に触れてこなかった。祖父にちらりと目を向けられたとき、牟田口は心臓が縮むほど怖かったそうだ。

学校から解放され、いったんは別々にそれぞれの家族と家に帰ったのだが、夕方、祖父が店を開ける前の時間に牟田口の両親が牟田口を連れてわざわざ謝りに来た。あらためて牟田口から話を聞き、そもそもはうちの息子が悪かったようです、と誠心誠意頭を下げる。牟田口も、気まずそうにしながら「悪かったな」と冬彦に謝ってくれた。

冬彦は冬彦で、あのとき自分の奥底に潜《ひそ》む獣性のようなもの、剝き出しの感情を顕現《けんげん》させたときの己の苛烈さにおののいた。幼いながら、本能的に、めったなことではこれを表に出してはいけないと感じ、以来、他人の前ではいっそう寡黙になって感情を押し殺す癖がついた。

雨降って地固まると言うが、この件が冬彦と牟田口を近づけるきっかけになったのは間違いない。最初のうちは挨拶《あいさつ》一つするにもぎくしゃくしていたが、次第に、遠慮のいらない、互いを知り尽くした仲になっており、今では自他共に認める親友同士だ。

冬彦にとっては、気づきや、得るものがいろいろとあった貴重な体験だが、牟田口にすれば思い出したくない苦い過去らしい。祖父が不慮の死を遂げ、身寄りがなくなった冬彦の家族運のなさを、もしかすると冬彦本人より心配し、気遣ってぎこちなくなる牟田口を、冬彦は心の底からいいやつだと思う。

「新しい家、僕にはもったいないくらい居心地がいいよ」

牟田口に言いながら冬彦は遥《はるか》と佳人《よしと》の顔を頭に浮かべ、自然と頬を緩めていた。

「そっか。ならよかった。おまえ打ち解けるまで時間がかかるほうだから、ちょっと心配してたんだ」

「おまえはまだ違和感あるみたいだけど、黒澤《くろさわ》冬彦って名前にも僕はもう慣れた」

「俺は、真宮《まみや》冬彦だったおまえと付き合い長いからなぁ。だけど、おまえが受け入れてるんなら俺も早く馴染むようにするよ。どのみち名前で呼んできたしな」

噴水池の周りをぐるりと歩いていると、中央に並んだ噴水口からいきなり水が噴き上がる。三十分おきに稼働する噴水に出会《でくわ》したので、せっかくだからと、立ち止まってしばし眺めることにした。霧雨のように降りかかってくる水滴のおかげで、炎天下、涼も取れる。近くに来た子供たちが上げる歓声も夏休みっぽく、ほっこりする。

「新しい父さんって、まだ若いんだろ。どっちかって言うと友達みたいな感じ？」

「いや、実はよくわからない」

そもそも冬彦は父親の存在を知らずに育ったので、父親との関係がどういうものか、想像するしかない。あえて言えば、冬彦が一番知っている父と子は、牟田口の父親と牟田口だ。

冬彦の言葉を聞いて、牟田口は複雑な気持ちになったらしい。表情を曇らせる。

よけいなことを言ったと牟田口に思わせないよう、冬彦は快活な口調で続けた。

「お父さんとは呼んでないんだ。名前で、遥さん、って呼んでる。そのほうがしっくりくるみたい。パートナーの佳人さんも名前で呼ぶから、親子と言うよりは兄弟感覚かも。僕は兄弟もいなかったんで、それも実際どうかわからないけど」

牟田口には新しい父親が同性の恋人と同居していて、今は冬彦も入れた三人で一つ屋根の下に住んでいることも話している。牟田口は「へぇ」と言う以外、言葉が出てこなかったようだが、冬彦が理解しているのなら口を挟む気はなさそうだった。ただ、遥と佳人に興味があることは隠さず、純粋に関心を示す。

「佳人さんのほうと先に店で知り合ったんだったよな。おまえ、連絡もらうと嬉しそうにしてたもんな。正直、おまえがそんなに簡単に気を許すなんて珍しいと思ってた」

「自分でも意外だった。けど、二人と半年近く一緒に暮らしてみて、ちょっと納得できた気がする。……根っこの部分が似てるんだろうな、僕たち。遥さんとは生い立ちに被るところがあるみたいなんだ」

だから、直接面識もなかった冬彦を、自分の籍に入れてまで養子にしてくれる気になったのだろうと思っている。

そしてまた、冬彦を気に掛けてくれていた佳人の存在も、遥には大きかったはずだ。

中学生の冬彦にさえ、遥が佳人に心底惚れているのはわかる。言葉や態度はぶっきらぼうでそっけないが、愛情を持っていること自体を隠す気はさらさらないようで、しばしばあてられそうになる。佳人も負けず劣らず遥を愛していて、佳人のほうはすぐその感情が顔に出るので、わかりやすい。十七歳も年上の人だが、綺麗《きれい》で可愛いと本気で感じる。やはり、冬彦の気質は遥寄りなのだろうと、こんなことからも思う。

「キャンプはどうだったんだ？」

「あ、そうそう。おまえに土産買ってきたんだった」

こんな広場の真ん真ん中で渡すのは躊躇われたので、木陰のベンチが空いていないかキョロキョロ辺りを見回す。

「おい、あそこ空きそうだぜ」

牟田口のほうが先に見つけて、すぐにそちらへ向かいだし、冬彦は後からついて行く格好になる。三歳から五歳くらいと思《おぼ》しき子供を二人連れた男女が、荷物を手分けして持って、ベンチを後にしようとしており、入れ替わりに座ることができた。

明らかに体感温度が違って過ごしやすい木陰で一息入れる。

「自販機あるから冷たいの買ってくる。荷物、頼むな。何がいい？」

「ジンジャーエール。なかったらコーラ」

「オッケー」

「あ、誠《まこと》！」

さっそく自動販売機目指して行きかけた牟田口を、冬彦は慌てて呼び止めた。

「ごめん、やっぱりアイスティーがいい」

振り返った牟田口は、ははん、という顔をして冬彦を冷やかす。

「遥さんたちの影響かぁ？　来年は高校生になるし、そろそろ大人っぽい選択をしようとか？」

「ジンジャーエールだって子供っぽくはないだろ」

そう返してはぐらかしたが、実のところ、佳人だったらこんなときアイスティーと言うのかなという思いが一瞬脳裡を掠め、急に変えたくなったのは否めない。牟田口の揶揄《やゆ》はあながち的外れでもなかっただけに、バツが悪かった。相変わらず勘のいい男だ。

牟田口が缶入りのアイスティーとペットボトルのスポーツ飲料水を買って戻ってくるまでの間に、冬彦は布製のリュックサックを開けて、牟田口に渡す土産物を出しておいた。先月下旬に家族三人でオートキャンプ場に二泊し、近郊のレジャー施設を訪れた。そのとき買った品だ。木彫りの梟《ふくろう》がチャームになったスマホストラップ。牟田口はペットを飼うなら梟がいいと言うくらい梟好きで、梟をモチーフにしたアイテムを集めている。見つけたとき、冬彦は迷わずこれを牟田口へのお土産にしようと決めた。

「はい、これ」

アイスティーを受け取って、土産品の入った小さな縦長の紙袋を渡す。

「サンキュ。どれどれ……おーっ！　なかなか顔が厳《いか》めしくて可愛げのない梟！　いいね」

気に入ったのか、貶《けな》しているのか微妙な反応だったが、喜色の浮かんだ目を見れば喜んでくれているのがわかる。隙あらば冬彦を弄《いじ》ろうとするあたり全然変わっていなくて、なんだかホッとする。姓が変わっても、学校が変わっても、牟田口とはこれからも親しい友人でいられそうだ。

「楽しかったよ、キャンプ」

冬彦はアイスティーを飲みながら、キャンプで作った思い出や、初めて経験して興味深かったことなどについて語った。

「テント張りとか、ガス式ランタンの灯《とも》し方とか、あらかじめ僕もガイドブックやネットで調べて知識だけはいちおう持ってたつもりだけど、実際にやってみるとてこずることが結構あって、やっぱり頭で理解しているだけじゃだめだなと思い知らされた。料理も運転も力仕事もこなす遥さん、頼りがいがあって、かっこよかった。そりゃ男でも惚れるだろうなって、納得したよ」

「バーベキューはもちろんしたんだろ？」

「した。最初の晩にさっそく」

そこで冬彦は、牟田口に智子《ともこ》たち家族の話をするかどうか迷った。今日、牟田口と会う約束をしたときから、このことはずっと考えていた。

未遂に終わったとは言え、隣でキャンプを楽しんでいた一家が無理心中を図り、同い年の、何も知らずにいた女の子まで亡くなるところだった事件はあまりに重く、夏の思い出に影を落とした。冬彦一人何も気づかず、明け方近くになってふと目覚めるまで事態を知らずにいたことにも、忸怩《じくじ》たるものがあった。冬彦にあえて知らせなかった遥たちの気持ちはわかるし、ショックを与えないようにと気遣ってくれたことに感謝しているが、自分だけまだ子供で、何の手助けもできない身だと思い知らされた気がして、悔しかった。

佳人が二時間車を走らせ、現地の病院に入院していた智子の見舞いに連れていってくれたので、だいぶ気持ちが落ち着いた。智子とはおそらく今後会う機会はないだろう。お互いそのほうがいいと思っていることが、顔を合わせて話していて感じられた。

迷った末に、冬彦は当たり障《さわ》りのないところだけ牟田口に話す気になった。一家と一緒にバーベキューをしたことも思い出の一つに違いなく、そこから智子たちの存在を消して話すのには抵抗がある。

「キャンプ場の隣の区画に、たまたま同学年の女の子がいたんだ」

「へぇ。可愛かった?」

健全な中学生男子である証《あかし》のように食いついてきた牟田口に、冬彦は笑いを禁じ得ない。この明るさ、屈託のなさに、冬彦は何度も救われてきたのだ。

「おとなしくて感じのいい子だったよ。読書好きで本の話とかした。あと受験の話」

「おまえも本好きだもんな。じゃあ気が合ったわけだ。連絡先聞いたか？」

「メアドの交換はしたけど、たぶん今度連絡し合うことはないと思う。そういう雰囲気にはならなかったし」

「まぁ、気軽に会える距離じゃないなら付き合えないしな」

「だから、そんな感じじゃなかったんだって。おまえ、昔から僕に交際勧めるよな」

牟田口自身、冬彦が知る限り彼女がいたことはないはずなのに、なぜかお節介を焼こうとする。

バーベキューの話をするつもりが、女の子のほうに話題が行ってしまい、冬彦はいささか困惑した。実は女の子にはあまり興味がない、とも言いづらい。それは冬彦がずっと自分の胸にしまい込んできた秘密で、遥と佳人の関係を知ってからだいぶ気持ちが楽になったものの、まだ告白する決意はついていなかった。

「へへ……そりゃ、まぁ、うちの中学の男子の総意だったからだ」

「総意？」

冬彦が首を傾げると、牟田口は面白がっているのを隠さない眼差《まなざ》しを向けてくる。

「転校して、もうそれもなしになったから言うが、おまえがフリーでいると、期待持ってる女子たちが他の男の告白を保留にする案件が後を絶たなくてだな」

「そんなはずないだろ。それ、体《てい》のいい断り文句じゃないのか」

冬彦は一笑に付す。

「あいにくそこまでモテた覚えはないよ。一年のとき二人からコクられたけど、それっきりだ」

「女子の間で協定でもできてたんじゃないのか。抜け駆け禁止とかなんとか。ちらっとそんな噂聞いたぞ」

「いや、知らない」

今までそんなふうに考えたこともなかったので、冬彦は目を丸くした。

そりゃ本人に知られてるわけないだろう、と牟田口は肩を竦《すく》める。

「なんにせよ、それについてはおまえがいなくなっちまったから一件落着だ。実は、俺も夏休み前にコクられた」

ついでを装ってサラッと大事なことを言う。うっかり聞き逃さなくてよかった。

「えっ。オーケーしたの？」

「ま、まぁな」

牟田口は今まで見たこともないほどソワソワし始めた。こっちを見ずに、顔を少し上向けて空に視線を彷徨《さまよ》わせる。よく焼けた肌は少々赤みを帯びてもわかりづらいが、冬彦には牟田口が照れているのがはっきりわかった。

「ひょっとして二組にいた信濃《しなの》さん？」

「はっ？　なんで？」

どうやら図星のようだ。バッと勢いよく冬彦に顔を向けた牟田口の驚きの表情を見れば、疑う余地はなかった。

「好きなんだろうな、って思ってたから」

「だから、なんで？」

「見てたらわかるよ。廊下で擦れ違うたびに挙動がおかしくなるとか、練習試合の応援に来てくれてた女子の中に信濃さんがいるとわかった途端《とたん》、緊張しだしたりとか、いくらでも挙げられる」

「いい！　もうよせ、ミスター・ホームズ」

「そっちこそやめてくれ、その厨二丸出しの言い方」

冬彦は嫌そうに眉を顰《ひそ》めてみせてから、一転してふわっと笑顔になった。

「おめでとう、両想い。よかったな」

「いやぁ……あらたまって言われると照れるんだけど」

そう言って後頭部に手を当てながらも、牟田口はまんざらでもなさそうだ。きっと嬉しくてたまらないのだろう。冬彦に会ったら話そうと思っていたらしいのが伝わってくる。

「夏休み前最後の登校日だったから、まだ誰にも知られてないはずだ。俺はおまえに一番に言うって決めてたんだ」

「嬉しいよ。本当に、いろんな意味で」

冬彦は心から言った。自分に一番に話してくれたこと。親友に彼女ができたこと。なによりも牟田口がとても幸せそうなことが、自分のことのように嬉しい。

「おまえも恋人できたら一番に俺に言えよ」

「それは約束する。けど、僕は当分無理そうだ」

「受験が優先だもんな」

牟田口はわかっていると言わんばかりに頷く。

もちろんそれもあるが、冬彦の本意は、自分はたぶん同性を好きになる傾向があるから、まずそこから牟田口に告白する勇気を出さないといけない、ということだ。さらに、今冬彦が最も気になっているのは佳人で、端《はな》から報われないとわかっているからだ。さすがに義父の恋人とどうこうなる勇気はない。そもそも佳人にはそういう対象としてまるっきり見られていない。歳の離れた弟のように思って、目一杯可愛がってくれているだけなのがわかる。どのみち、遥に勝って佳人を奪える者などいないだろう。

「誠はほぼ決めてるから、安泰《あんたい》だろ」

冬彦は受験のことに話を持っていった。

「でもないぜ。むしろ今必死にがんばってる。引退するまでは部活中心だったから、ここから巻き返さないとやべぇ位置にいるからさ」

「もしかして志望校変えた？」

前に聞いた高校は、牟田口の学力で無理なく入れるところで、よほど成績を落とさない限り推薦枠で早々に決まりそうだったのだ。それもあって牟田口は心置きなく部活に専念しているのだと思っていた。

「変えた」

冬彦の顔を見て牟田口は小気味よさそうに答える。

てっきり彼女に合わせて同じ高校を選び直したのかと冬彦は思った。

だが、牟田口は冬彦のそんな考えを一蹴する。

「信濃は女子高志望なんだと。親がお嬢さん学校に入れたがってるらしい。信濃も仲のいい友達が何人かそこに行く予定だから、別れたくないし、まぁいいかと思ってるってさ」

「じゃあ……他に目標ができたとか？」

「ああ。B判定しかもらえてないから、なかなか言い出せなかったんだが、やっぱ大学までストレートで上がれるところに行っとこうと思ってさ」

「どこ？」

冬彦の志望校も大学の付属校だ。転校しても志望校は変えていない。通学に要する時間はむしろ黒澤家からのほうが短縮されて好都合だった。祖父も応援すると言ってくれていた志望校なので、その思いも大事にしたく、絶対に合格したかった。

牟田口はすぐには答えず、唇の端をちょっと上げて、意味深な眼差しで冬彦をじっと見る。

「……え……？」

もしかして、という考えがじわじわと浮かんできた。

「そこも剣道部が結構強いんだ。元の志望校とそんなに変わらないレベルで。俺、高校でもまた剣道やりたいし、どうせなら大学との交流試合とかもあったほうが燃える。あと少しがんばったら合格できるところにいるって担任にも背中を押されたんだ」

牟田口はそこでいったん言葉を切り、ニカッと口を横に広げて笑う。

「だから、おまえも絶対合格しろよ、冬彦」

やっぱりそうだった。

冬彦は一度大きく見開いた目を元に戻すと、牟田口の脇腹に握り拳を押し当てた。

「そっちこそ」

「おうよ」

牟田口も拳を作って翳《かざ》してくる。

「合格したら、また三年プラス四年の付き合いになるかもだ。よろしくな」

「なるといいな」

牟田口の拳に自分の拳をトンと当てて冬彦は言った。

言いながら、冬彦の脳裡には、来年の春牟田口と同じ学舎で再会する光景が、くっきりと浮かんでいた。

あとがき

情熱シリーズ十五冊目になります「情熱の灯火」、お手に取っていただき、ありがとうございます。年に一度のゆっくりペースでお届けしているこのシリーズ、始まりの「ひそやかな情熱」からそろそろ二十年近く経ってきました。最初は、遥と佳人、二人の物語だったものが、巻を重ねるごとに新たなキャラクターが増えていき、今では結構な大所帯（拙作比）です。一人一人に物語があり、考えや意志が存在しているのだと思うと、世界は膨らみ続けているなと感じます。

本作は遥と佳人に冬彦を加えた黒澤家の夏のお話です。東原と貴史もちらりと絡みます。新しく始めたこと、ずっと変わらないところ、意外な一面、などなど、既存のキャラクターを掘り下げられることがシリーズものの利点だと思いますので、本作でもそうした部分を披露できていれば幸いです。

どうか、お楽しみいただけますように。

イラストは引き続き円陣闇丸先生にお世話になりました。今回も素敵なイラストの数々、ありがとうございます。小道具にランタンを使っていただいて嬉しかったです！

制作にご尽力くださいましたスタッフの皆様にも厚くお礼申し上げます。

また次の作品でお目にかかれますように。

遠野春日拝

◆初出一覧◆
情熱の灯火《ともしび》　　　　／書き下ろし
夏、親友と上野公園で　　／書き下ろし

ビーボーイノベルズをお買い上げ
いただきありがとうございます。
この本を読んでのご意見・ご感想
をお待ちしております。

〒162-0825 東京都新宿区神楽坂6-46
ローベル神楽坂ビル4F
株式会社リブレ内 編集部

アンケート受付中
リブレ公式サイト　https://libre-inc.co.jp
TOPページの「アンケート」からお入りください。

B●BOY NOVELS

情熱の灯火《ともしび》

2020年8月20日　第1刷発行

著　者――遠野春日

発行者――太田歳子
発行所――株式会社リブレ
〒162-0825
東京都新宿区神楽坂6-46ローベル神楽坂ビル
営業　電話03(3235)7405　FAX 03(3235)0342
編集　電話03(3235)0317
印刷所――株式会社光邦

定価はカバーに明記してあります。
乱丁・落丁本はおとりかえいたします。

この書籍の用紙は全て日本製紙株式会社の製品を使用しております。

Printed in Japan
ISBN 978-4-7997-4892-3